JN307209

社長の寝室

目次

美人社長・三十九歳

1

白、黒、赤。

その三色が、幸平《こうへい》の網膜に飛びこんできた。

白は、むっちりと肉づきのよい女の内腿《うちもも》。

黒は、すらりと形のよい脚線を腿まで包んでいるナイロンストッキング。

赤は、腿の付け根——女の最も秘めやかな部分を覆っているパンティ。

(わっ。すごい……!)

もっとも、落ち着いてじっくり眺める余裕があったわけではない。幸平は仰向《あおむ》けに床にぶざまに倒れていて、若い、健康な女性の体を受け止めて転倒したショックで、まだ息もつけない状態だったのだから。

それでも、桑田《くわた》幸平が担当している得意先のひとつである〝ミカ・プロモーション〟のオフィス・ドアを開けるのがもう少し遅かったら、社長秘書の律子《りつこ》は、ひどいダメージを受けていたに違いない。

あいにく他の社員が全員出払っていた時に、彼女は高い資料戸棚の上に載せてある段ボール箱の中の資料が必要になったのだという。

律子はやむなくハイヒールを脱ぎ、椅子を台にしてその箱を下ろそうとした。椅子は回転シート式のものだった。

背伸びした姿勢で資料を持ち上げ、体をねじったとたん、シートが反対側にクルッと回り、彼女はバランスを崩してしまった。

「きゃあっ！」

悲鳴をあげたその瞬間、タイミングよく、幸平が入ってきたというわけだ。

「おおっ！」

彼は、瞬時にして社長秘書の危機を認めるや、アタッシェケースをほうりだし、難しいフライをキャッチしようとする外野手のように猛然とダッシュした。

間一髪のところだった。床に転落してきた若い女の肉体は、駆け寄った幸平の両腕にスッポリおさまった。ところが、ワックスを塗ったばかりの床で、彼の足がツルリと滑った。

「うわっ！」

今度は、幸平がバランスを失なって叫ぶ番だった。

ドシーン。

仰向けに倒れた幸平の上に、律子の体重がモロにかかった。

わりと頑丈な肉体を自慢にしている幸平でも、そのショックに、悶絶《もんぜつ》するような呻《うめ》き声をあげずにはいられなかった。

「あーん、ごめん！」

野添《のぞえ》律子のほうは幸平の体がクッションがわりになったので、あられもない恰好で床に転がったもののダメージは少なかったようだ。すぐに起き上がると、

「大丈夫、幸平クン？」

腰骨を打って目を白黒させている幸平の傍《そば》に膝《ひざ》をついて、心配そうな表情だ。香水の芳香と共に、成熟した女体から発散する甘やかな体臭が彼の鼻腔をくすぐった。

「あいたたた……。ええ。まあ、なんとか……」

「よかった。キミが受けとめてくれなかったら、私、大ケガをしてたわ」

起き上がろうとしたその時に、白、黒、赤の三色が幸平の目に飛びこんできた——というわけだ。伸びている姿勢で少し頭を持ちあげると、視線はちょうど、しゃがみこんだ律子のスカートの内側をモロに覗《のぞ》く角度になったからだ。

目がクラクラした。頭をぶつけたからではない。ただでさえ色っぽい美人秘書の、スカートの奥の眺めは、独身の幸平には刺激が強すぎた。それでも、シッカリと網膜に焼きつける。

「う、うーん……！」

（へぇ。セパレートのストッキングをガーターベルトで吊っているのか……。それに赤いパンティを穿《は》いているなんて、まるで映画に出てくる西洋の娼婦みたいだな……）

桑田幸平は二十五歳。彼がもの心ついた時から、世の女たちはパンティストッキングを愛用していた。靴下留めを使ったり、ガーターベルトで吊ったりする式のセパレートのストッキングというのは、男性雑誌のグラビア写真や、ポルノ映画の中でしかお目にかかったことがない。

内腿の付け根にのぞく赤いパンティは、光沢のある薄手のナイロン素材で作られていて、逆三角形の底の部分が肉体に食い込んでいるのがよく見えた。そこにはくっきりとした谷間が形づくられている。しかも、相当に濃く繁茂している黒いヘアの様子がほんのりと透けて見えて、これがなんとも悩ましい。

（このひとがこんな下着を着けてるなんて……！　信じられない）

とはいえ、いつまでもこの魅惑的な光景を眺めているわけにもゆかない。だいたい、仰向けになった姿勢では突然に膨張してきた股間のふくらみを、美人ＯＬに見られてしまう。

「うーん、律子サンは意外に重いんだなぁ」

冗談めいた言葉を口にしながら、大げさに腰を撫《な》でさすりながら立ちあがった。このオフィスで一番自分好みの美女である律子のスカートの内側を拝めたのだから、まぁ、少しばかり痛い思いをしても我慢しなければ。

＊

――桑田幸平は、銀座に本社社屋を持つ文房具・事務機器販売の老舗、昭和堂商会の営業マンだ。所属は情報処理営業部ＯＡ機器販売課。〝ミカ・プロモーション〟は彼の受け持ちで、これまでファクシミリ、コピー機、ビジネス用パソコン、プリンター等のＯＡ機器をリースで納入している。

この〝ミカ・プロモーション〟というのは、民放テレビ局のアナウンサーだった松本美香《まつもとみか》が、独立して作った会社である。主としてファッション関係のイベントや、海外ファッションを紹介するテレビ番組などの企画、プロデュースを行なっている。かつて才媛アナともてはやされた美香は、その美貌とコネを駆使してマスメディアにかなり食い込んでおり、経営は順調のようだ。

スタッフは、社長の美香以下七人で、全員が女性だ。「女の、女による、女のための会社」というのが美香のモットーだそうで、〝成功したキャリア・ウーマン〟の代表として、女性雑誌にしばしば取材されている。

野添律子は社長秘書という肩書きだが、外を飛び回っている社長や他のスタッフとの連絡係といった存在だ。

　制服ではなく、いつもセンスのよい私服を着てキビキビ働いている。経理面を除き、事務全般を受け持っているので、このオフィスでは幸平と一番接触する機会が多い。年齢は彼より一つか二つ上の二十六、七といったところ。彼好みのグラマラスな体格で、プロポーションも抜群だ。年齢が少し上なだけなのに「幸平クン、幸平クン」と、まるでずっと年下のように彼を扱うのが玉に瑕《きず》だが、サッパリして気のおけない性格だし冗談を言い交わしても楽しい。

「ところで……、何の用ですか、律子サン？」

　社のほうに彼女から「来てくれ」と電話があったというので、出先から駆けつけてきたのだ。ようやく落ち着いて応接用のソファに腰かけると、幸平は呼びつけられた理由を訊いた。

この前から売りこんでいたビジネス用パソコンを買ってくれるのだろうか。

「それがね……、ウチのファクシミリ、具合が悪いのよ。原稿を送ると黒い筋がついて、まるで雨が降ったみたいになるの。見てくれない？」

（なーんだ。また、そんなことか……）

　幸平は内心で溜《た》め息をついた。そういうことは保守サービス係の仕事だ。律子にも教えてあるのだが、彼女は何かあると、まず幸平を呼びつけるのだ。彼なら何でもこなせると思っているらしい。もっとも、〝ミカ・プロモーション〟に食い込むとき「ウチは他の大手と違ってキメ細かいサービスがウリですから」と吹聴した手前、あまりソッケない応対もできない。

「分かりました。見てみましょう」

幸平はアタッシェケースの中から、いつも持参しているドライバーセットを取りだした。

——ファクシミリの不調は、読み取りレンズの埃《ほこり》を払うだけで簡単に解決した。

「直りましたから、これで……」

帰ろうとして立ちあがると、

「あ、待って。ちょっと、お願いがあるの」

律子が幸平の手を摑《つか》んで引きとめた。温かい体温が伝わってきて、幸平はドキッとした。そう広くもないオフィスに二人きりでいる時、美人のOLに手を握られれば、誰だってドキッとする。

「え、何ですか？」

「実は、私も個人用に高性能のファクシミリを入れたいんだけど、キミのところで特に安く入れてくれる、ってわけにはいかない？」

「というのは、律子サンが、自分の部屋に入れるんですか？」

「うん。美香社長が海外にいる時、ファックスのやりとりする場合なんか、時差の関係でこっちが真夜中というのが多いのよ。緊急を要する時なんか、連絡が入るまで事務所に残ってなきゃいけないから、家に帰るのがすごく遅くなったりするの」

「なるほど」

美香社長は、今もファッション番組の取材交渉でパリとミラノを回っている。映像関係の仕事が多いから、高精細度の画像を送れるファクシミリを活用して連絡をとりあうことが多いという。

「そういう時、私の部屋に送ってもらえれば、ずいぶん便利に仕事を片づけられるもの」

「ところで、その機械は事務所の経費で落とせるんですか？」

「それはちょっと無理ね。私の都合で買うものだから」

「そうですか……」

ちょっと考えた。〝ミカ・プロモーション〟の備品、事務用品の購入は律子がとりしきっている。この際、恩を売っておくのも悪くない。

「それだったら、リースアップ・マシンを回しましょうか？」

「なに？　それ？」

「あちこちの会社にリースで入れてる機械があるでしょう？　三年とか五年のリース期間が

終わると回収されて戻ってくるんですけど、そういった機械は帳簿上での資産価値はゼロになっているから、すぐ廃棄処分されることになってます。それがリースアップ・マシン」

「あら、捨てちゃうの？　もったいないわねぇ」

「ええ。形式は古くてもまだ使えるのが多いですからね」

「中古品として売れないの？」

「OA機器って技術革新が速すぎて、半年もたった機械は新品でもタダ同然になっちゃうから、中古品の売買なんて実質的に成りたたないんです」

「ふうん。ということは、少し古い機械ならタダで手に入るってことね」

「そうです。まあ、デザイン的にはゴツかったりするけど、基本的な性能は変わりません。それでよかったら、探してみますけど」

「タダというのは魅力だわね。でも、それじゃ幸平クンも、幸平クンの会社も一文にもならないでしょ？」

「いいですよ。律子サンにはいろいろお世話になっているから、それぐらいのことでお役に立てるなら」

　なに、幸平だって下心がないわけではない。もちろんリースアップ機の横流しに関してはうるさい内規があるが、律子のような購入担当者に個人的な便宜を図ってやる場合は、上司も目をつぶる。

「わ、嬉しい！　さすが幸平クン。話が分かるわね。それじゃ、新しいパソコンを買う時は、まずおたくを優先させるように社長に進言するから」

「そう願えれば……。なにとぞ、よろしく」

　幸平は頭を下げた。二人の間に、共犯者めいた親密な感情が生まれた。どうも、落っこちてきた律子を抱きとめてやった時に、電気のプラスとマイナスが接触したみたいに火花のようなものが飛んだのかもしれない。

（案外、あのひとの体と一緒に、ツキも受けとめちゃったりして……）

〝ミカ・プロモーション〟を後にしながら、再びむっちりした白い太腿、黒いストッキング、真っ赤なパンティの眺めを思い浮かべ、また幸平はニンマリと頰《ほお》をゆるめた。

　それでも、いかにも最先端キャリア・ガールといった感じの、長い黒髪をさっそうとなびかせ、キビキビと仕事をこなしている律子のような女性を、自分がどうこうしよう――などという大それた望みは、まだ幸平も抱いてはいない。野添律子は容姿といい垢《あか》抜けたセンスといい、そこいらのOLとはくらべものにならない。まぁ、〝ミカ・プロモーション〟の女子社員は皆、ハイセンスなのだが。その中でも彼女は高嶺《たかね》の花だ。

（でも、あのひとの男の噂《うわさ》、聞かないな。あんな美人なんだから、恋人の一人や二人、居ても不思議はないのに……）

　それが不思議といえば不思議だった。

2

　三、四日して、適当なリースアップの業務用ファクシミリ複合機が見つかった。取り付けのことで律子に電話してみた。
「工事は専門の人が来るの？」

　一文にもならない仕事に、会社の人間を使うわけにはゆかない。

「いえ。ごく簡単なことですから、ぼくが自分でやります」

「いずれにしろ、私が部屋にいる時じゃないとダメね。今日、仕事が終わってからだと都合がいいんだけど……、そうすると幸平クンが時間外になっちゃうね」

「かまいませんよ、そんなこと」

　結局、その夜、律子の帰宅を待って七時頃に搬入することになった。幸平としても、律子の私生活の部分を覗いてみたい気持はある。

　郊外の倉庫に帰る社の配送用ワゴンに便乗して機械を載せ、教えられた住所に向かった。

探しあてた律子の部屋は、目黒区青葉台の閑静な住宅街に建っている、やや古びた賃貸マンションだった。２ＤＫで、一人住まいには充分な広さだ。

（ここなら、都心にも近い。部屋代だって馬鹿にはならないぞ……）

部屋はシックなセンスで飾られていた。いかにも一人暮らしのキャリア・ウーマンの部屋といった感じで、男の匂いは微塵《みじん》も感じられない。幸平はちょっと安堵《あんど》した。

「よかったわ。私もちょうど今、帰ってきたところなの」

律子は、段ボールを抱えた幸平を居間に招き入れた。取り付けには五分もかからなかった。

「感激だわ。こんなりっぱな機械がタダでついちゃうなんて！　お礼と言っちゃナンだけど、晩ごはんぐらい奢《おご》らせて」

律子は電話で鮨《すし》の出前を頼んだ。

「そんな……。律子サン、気をつかわないでくださいよ」

幸平は恐縮した。

「いいのよ。車で来たの？」

「いえ、社の車は帰しましたから」

「だったら一杯やりましょう」

結局、鮨をつまみながら差し向かいで美人秘書とビールを酌み交わすことになってしまった。

椅子から転がり落ちた律子を抱きとめて肉体と肉体が接触した時から、二人の間にいっそう親密な感情が生まれている。ビールがいつの間にかウィスキーの水割りになって、その親密さがさらに濃厚になってきた。

「律子サン、恋人はいないんですか？」

幸平はそれとなくさぐりをいれてみた。

「いないわよ。キミの考えるような恋人は」

平然として答えながら、律子は黒いナイロンに包まれたスラリと長い脚を組み替えた。ゆったりと肘《ひじ》かけ椅子に尻を沈めているので、ただでさえスカートの裾《すそ》が上にズリ上がって膝小僧のズッと上のほうまで見えていたが、脚を組み替えた時、黒いナイロンの奥でチラッと眩《まぶ》しく白い肌が覗けた。幸平はドキッとした。

(今日も、セパレートのストッキングを履いてるんだ……！)

「ふふ、どうしたのよ、幸平クン。そんな、目を点にさせちゃって……？」

ほんのり目元をピンク色に染めた律子だが、目ざとく彼の視線をとらえ、わざとらしく、脚をもう一度組み替えた。明らかに挑発的な行動だ。また、眩しいような内腿の肌が覗く。

「いや、その……」

ドギマギしながら幸平は思い切って口にしてみた。

「律子サンて、パンストじゃなくて、セパレートのストッキングを愛用してるんですね」

「あら、見えた？」

「ええ。この前、オフィスで椅子から落っこちたときも、チラッと見えたから、『へえ』と思ってたんです」

「あ、あの時ね」

表情に羞恥《しゅうち》とか嫌悪の様子がない。かえって面白がっていて、目は悪戯《いたずら》っ子のようにキラキラ輝いている。

「そうなの。パンストって、あれ、ムレちゃうのよね。その点、セパレートだと腿のところの風通しがいいし、色っぽいでしょ。ホラ」

そう言いながら腰を浮かして紺色のスカートの裾をヒョイとめくりあげた。

「アッ」

幸平は思わず驚きの声を洩《も》らした。

この前見た時のと同じ、白、黒、赤の三色が幸平の目の前に展開された。

見事な脚線を包む黒いナイロンストッキング。腿の半ば上からは脂がのってつやつや輝くようなミルクホワイトの太腿。そしてやや鋭角な逆三角形を形づくっているパンティの赤。

鋭角というのは、脚まわりがハイレッグにカットされているからだ。

「どう？」

悩ましい目付きで幸平を見て、訊く。

「た、確かに色っぽいです……」

まさか、いきなり自分の目の前でスカートをめくって、ストッキングとパンティを見せつけるとは思わなかった。

（このヒト、おれを誘惑してる……!?）

そうとしか考えられなかった。幸平は心臓があまりにもドキドキするので息苦しさを覚えた。股間が疼《うず》き、膨張し、ズボンを内側から押しのけてくる。

「こういうの、あまり見たことない？」

「ないですよ。実際に着けてるのを見たのは律子サンが初めてで……」

「でも、最近はわりと愛用してる女性が多いのよ。私なんかも、こうやってガーターベルトで吊ってると、何だか外国映画の女優みたいな気になるの」

「そ、そんなふうに見えますね。でも、赤いパンティって刺激的だなあ」

今日のパンティは前面にハート形にレースの窓がくり抜かれ、そこは網目になっているので黒々としたヘアがスケスケだ。彼女のヘアはかなり濃密に繁茂している。

「そうね……、だいたいブラとペアだから、服によるのよ。濃い色の洋服だと黒か赤。なんて言うかな、乙女チックなのより、大人っぽい色の組み合わせが好きなのね。娼婦感覚って言うのかな」

「はあ……」

バカみたいに口を開けて、律子の下半身から目を離せないでいる幸平だ。額に汗が浮き膝のあたりがガクガク震えている。

「ほらね」

律子はシャキッと立ってしまうと、シルクで作られたアカネ色のブラウスを脱ぎだした。幸平の目はまたもや点になった。

スリップは着けていなくて、白くて丸い肩が、そして豊かな二つのふくらみがこぼれでた。ブラも間違いなく赤だった。パンティとペアなのは明らかで、カップの上半分がレースで透けていて、その下にローズレッドの乳首と乳暈《にゅううん》が見えた。乳首は勃起してカップを突きあげている。

紺のスカートのファスナーが悩ましく囁《ささや》き、彼女の足元に滑り落ちた。

（うわ、わわわ……！）

目の前に、見事なプロポーションを持った若い女のセミヌードがすっくと立ちはだかり、幸平はもう頭がボーッとなったまま見上げている。生唾《なまつば》を呑み込んで喉《のど》ぼとけがゴクリと鳴る。

律子は北国生まれなのか、肌はキメが細かく、しかも色白だ。服を着ている時はそう思わなかったが、体つきは骨太で、二の腕も腿もたくましいほどに見える。かといってゴツゴツしているわけではなく、豊かにふっくらと張り出したバストやヒップは、なんとも言えず優美でなまめかしい曲線を描いている。

その色っぽい裸身の、最も男たちを魅了してやまない部分を、刺激的なほどに赤い色のブラとパンティが包んでいた。しかも、ほどよく括《くび》れた腰には黒いガーターベルトがぴっちり締めつけ、四本の吊り紐《ひも》がごく薄いナイロンの長靴下を腿の半ばあたりでピインと吊りあげている姿は、まさに西洋の娼婦的な、妖美なエロティシズムをむんむんと発散させている。

「どう、幸平クン。この恰好で感じる？」

幸平の前に立ちはだかった姿勢の美人ＯＬは、挑戦的な目つきで彼を見下ろしながら、わざとのようにブラカップの上から乳房を揉《も》むようにしながら、彼に感想を訊く。表情に羞恥の色はなく、瞳の奥には熱病患者のようにぼうっと潤んだ光が揺れきらめいている。

「は、はあ。感じますよ、すごく……」

「ほんとかナ」

色っぽい下着姿の律子は、幸平が手にしているウィスキーグラスをとりあげてから彼を立たせた。向き合うと、いきなり彼の股間に手を伸ばしてきた。

「お」

ズボンを突きあげている怒張を触られて、幸平は悲鳴にも似た驚きの声を洩らした。

「あら、すごいじゃない？」

まるでベテランの娼婦のように、律子は青年の下腹をズボンの上から撫《な》でまわし、牡《おす》の器官がどうなっているかを確かめる。

「り、律子サン……」

幸平は夢中で甘酸っぱい体臭を放つ柔らかい肉体を抱き締めた。彼女の胸に自分の胸を、腰に腰を押しつけ、唇に唇を押しあてた。

「情熱的ね。す・て・き」

律子はまだ彼の肉茎を衣服の上からなぞるように愛撫《あいぶ》しながら、彼の手を自分の股間に導く。

「…………！」

薄いすべすべした布の上から、熱を帯びてじっとりと湿った地帯が感じられた。彼は夢中で指を這《は》わせた。

「あ、はあ……」

舌と舌がからみあい、幸平は我を忘れて律子の唾液を吸った。甘い味がするサラサラした唾液だ。いつの間にかもう一方の手が、ブラの上から豊かなおっぱいを鷲摑《わし》みにして揉むようにする。掌《てのひら》に乳首が固くしこり、突きあげてくる感覚があった。

(このひとも、すごく昂奮してるんだ)

たまらなくなって――というより、興奮のあまり膝が体重を支えきれなくなって、幸平は律子の体を押し倒すようにしてソファに寝かせた。女体は仰向《あおむ》けになった。幸平はブラのカップを上へ押しのけ、勃起している乳首を露出させると飢えた幼児のように吸いついた。

「あ、あっ。幸平クン……」

初めて律子の唇から悲鳴のような呻《うめ》きが洩れた。彼の頭を抱き寄せ、かきむしるようにする。汗ばんだ肌全体からムウッと息づまるように濃厚な女の体臭――どんな香水よりも男を恍惚《こうこつ》とさせる、あの甘酸っぱい匂いが立ちのぼっている。

パンティのクロッチの部分にまた指を這わせると、縦に食い込んだ布地の部分がハッキリと分かるほど濡れそぼっている。彼女の雌蕊《めしべ》の奥から蜜が溢《あふ》れ出しているのだ。

(すごく感じてる！　感度がいいんだ)

みるみるうちに熱い蜜液で濡れてゆく下着の底をまさぐりつつ、幸平は感嘆した。驚くほど膨張した乳首をカリコリと噛《か》むようにしながら強く吸い、舐《な》め、しゃぶりつくす。

「う、ううっ……」

律子は黒いナイロンストッキングで包まれた脚を、片方はソファの背にあずけ、もう一方は床におろすという、極端な大股びらきの姿勢で幸平に組み敷かれながら、せわしなく手を動かし、彼の体からネクタイ、ワイシャツ、ズボンを剝《は》ぎ取ってゆく——。

3

幸平は律子によって、いつの間にかブリーフ一枚にされていて、気がついたらそれもひき下ろされていた。

「わ、すごい。こんなに硬くて熱い……」

年上のOLはうわごとのように言い、彼の怒張しきってズキズキ脈動している肉茎を握りしめ、しごきたててきた。

「律子サンもすごい……」

幸平も、その時点では律子の体からブラを剝《は》ぎ取り、ヘアが半分ぐらい見えるほどにパンティをひきおろし、彼女のデルタ地帯を直接愛撫していた。ヘアは剛《かた》くて縮れていて、掌にザラザラする。その底の裂け目は蜜液で潤みきっていて、彼の指は粘膜を擦《こす》りあげるたびにネチョネチョとイヤらしい音をたてた。一番敏感な真珠の形をした尖《とんが》りは明らかに分かるほどせり出して、そこを嬲《なぶ》られるたび、

「ひっ、ひいい……っ！」

律子の喉から鳥の啼《な》くような鋭い音声が奔出する。ビクビクッとしなやかな裸身が痙攣《けいれん》する。

――やがて、幸平は律子の秘部を覆っていた悩ましいナイロンの下着を剝ぎとった。黒いガーターベルトとナイロンストッキングはそのままで、「きて、ねえ。お願い」と訴える美人OLの要求に応えて、昂《たかぶ》りきった牡の欲望器官を、ヌラヌラ愛液で濡れ光る、牝《めす》の性愛器官へあてがった。

二人とも逸《はや》って腰を勝手に相手に打ちつけるようにしたので、二度、三度と狙いが外れたが、やがて幸平の肉茎は煮え滾《たぎ》るような蜜壺の奥へ打ちこまれた。

「お、おわ、あうっ！」

結合を果たしたとたん、律子の体は弓なりに反りかえった。背中に爪が食い込むのが感じられた。凄い乱れようだ。幸平も夢中でピストン運動を開始した。激しくぶつかりあう汗まみれの肌と肌がビチャバチャと淫靡《いんび》な音を立てる。黒髪がみだれ性臭がたちこめ、律子は悩

乱の声を放った。

「いく！」

幸平はギリギリと締めつけてくるような緊縮感に限界を超えた。ズキーンと腰骨から脳天に突き上げるような鋭い甘美な感覚に圧倒され、「お、おおう、おうっ！」と獣《けもの》のように吠えながらドクドクッと柔美な粘膜の奥へどろどろの熔岩を噴射させた。

「あ、あーっ。ああ、うーん」

律子は悩ましい声をはりあげ、溺れるものが浮遊物にしがみつくように、組み敷く幸平の裸身にしがみついた。ガクガクと頭が前後に振れた。強い力で両の腿が彼の腰と尻をはさみつけ、ビクビクと全身が痙攣するのが分かった。

（いけねぇ、早かったかな……）

女性との体験が決して豊富とはいえない幸平は、徐々に理性を取りもどすにつれ、心配になってきた。昂奮しすぎて夢中になりすぎた。律子を充分に満足させる前に射精してしまったのではないか、と心配になった。

と同時に、別な懸念も生じた。まったく避妊の手段をとっていなかったのだ。

「律子サン……」

汗びっしょりでまだ目を閉じ「はあ、はあ」と荒い息をつきながら彼にしがみついている女の耳元に囁いた。

「大丈夫ですか。抜き身だったけど……」

「だ・い・じょーぶ」

律子はそう答え、パチッと目を開けるとニッと白い歯を見せて、かすれ声で言った。

「安全期間なの」

「よかった。でも、早かったみたいですみません」

幸平は詫びた。

「いやねぇ。他人行儀なこと言って。こんなふうになっちゃったのに……」

笑みを浮かべ、彼の唇にチュッとキスしながら得意先のＯＬは言った。

「分からない？　私の体が喜んでいるのが。ほら、まだ……」

言われてみると、幸平の肉茎は放出したにもかかわらず、律子にしっかりくわえこまれている。粘膜に顫《ふる》えが走っては消える。その強さが徐々に弱まり、やがて幸平はゆっくり押し出された。

「最高だったわ。キミのが勢いよく私の子宮の底にビシュッビシュッと当たる感覚がして……。あー、こんなの初めて……」

律子はかなり満足したようだ。幸平はほっと安堵《あんど》した。

少しして幸平は浴室に入りシャワーを浴びた。律子が残っていたガーターベルトと黒いストッキングを脱いで全裸になって入ってきた。

「幸平くん、フェラチオしてあげる」

彼にものを言う暇も与えず、律子はタイルの床にひざまずき、立ったままの幸平の股間に顔を近づけると、唇を「Ｏ」の形に開いてすっぽりと萎《な》えた肉茎をくわえた。

「あー、はうっ」

つい先刻まで自分のような男には手の届かない高嶺の花と思っていた女性が、目の前にひざまずいて、ペニスを口に受け入れたのだ。幸平は夢ではないかと思いつつ、快美の呻きを洩らした。

唇と舌と歯を駆使した技巧で奉仕され、幸平はまた欲望器官に力を漲《みなぎ》らせた。

再び発情した二人は素っ裸のまま抱き合い、舌をからめあわせ、互いの股間をまさぐりながら律子の寝室に向かった。その部屋はダブルベッドに占領されていた。

（へぇ、一人暮らしなのにダブルベッドなんだ……）

幸平は驚いた。ふかふかした広いベッドの上で、二人はまた結合した。

今度は幸平も余裕があったから、じっくりと律子を攻めることができた。

「あっ、ああ、あーっ」

やがて、美人秘書はオフィスでの姿が信じられないほど悩乱して、あられもないよがり声を張りあげつつ絶頂したものだ。

――二度目の放出を終えた後、ものうい愛撫とキスを交わしながら、幸平は疑念が湧いてくるのをおさえきれなかった。

「ね、律子サン……」

「なぁに？」

トロンとした目で律子は幸平を見る。

「ヘンなこと訊くみたいだけど、パトロンがいるんですか？」

「え」

律子の瞳が大きくなった。だが、別に感情を害した様子はなく、問いかえしてきた。

「どうして、そんなふうに思うの？」

「だって、このマンション、土地柄はいいし部屋だって結構なものじゃないですか。家賃はかなりするでしょう？　それに一人暮らしなのにダブルベッド。さっき恋人の話をした時は、『キミの考えるような恋人はいない』って、条件つきの返事だった。それに、精液が子宮にあたる感覚を味わうのも久しぶりだと言ってたし……。そういうのを総合すると、律子さんは、誰か、あまり若くないパトロンがいるんじゃないか、って気がして」

「ふふ。カンがいいのね」

律子は愉快そうに笑った。

「当たった？」

「当たってるといえば当たってる。ただ、キミが考えるようなパトロンじゃない」

「どういうこと？」

律子は幸平の耳たぶを悪戯っぽく噛んだ。

「キミはパトロンというと男の人――オジサンを考えてるでしょ。違うのよ。私のパトロンはね」

そこでひと息ついて、ゆっくり言った。

「おんな、なの」

「えーっ!?」

幸平は驚いた。

「じゃ、律子サンは……」

「そう、レズビアン」

平然と言ってのけた。

「でも、根っからのレズビアンじゃないの。だって、今みたいに幸平クンとも楽しんじゃうんだから……。まあ、二刀流ってやつね。英語ならバイセクシュアルとも言うけど」

「それで、パトロンというのは……？」

「社長よ」

律子は、またケロリと言ってのけた。

4

幸平はまた仰天してしまった。

「社長？　律子サンの会社の美香社長？」

「そうよ」

——かつて、民放大手テレビ局の美人アナとして活躍、今は女性だけの会社〝ミカ・プロモーション〟を作って、マスメディアで活躍している松本美香は、律子が秘書として仕えている女ボスだ。幸平は唸《うな》ってしまった。

「へぇ……、あのヒト、レズビアンだったのかあ」

なるほど、松本美香は三十九歳とはいえ、容色は衰えていない。いや、三十代後半の女としての性的魅力がムンムンしている。そんな美女が、これまで一度も結婚せず、ずっと独身をとおしてきた。

「そういえば、パンツスーツみたいなカチッとした服装をしてるし、髪も短くしてリーゼントみたいに撫でつけてるものなあ。そうか、あの人、男に興味がないんだ……とすると、社長がタチで、律子サンはネコなんだね……」

レズビアンのことはよく知らないが、週刊誌あたりの知識で、能動的な役割を果たすレズビアンをタチ、受動的なのがネコだということぐらいは、幸平も知っている。

「ふふ。違うんだなぁ。それが……」

おかしそうに笑った律子だ。

「ウチのボスは〝ズボネコ〟なのよ」

「ズボネコ？　なに、それ？」

初めて聞く、耳慣れない言葉だった。

「ズボンをはいたネコ——一見、タチに見えるけど、実際はネコのレズビアンを、そう言うの」

逆に、ネコのように見えて、実際にはタチをつとめるレズビアンは〝スカダチ〟と言うのだと、律子は説明した。

「スカートをはいたタチだから」

「そうすると、律子サンはスカダチなんだ」

「そうも言えるけど、私なんかボスにむりやりレズビアンのタチをやらされてる、ニセレズよ」

——律子の説明によると、彼女が松本美香と知り合ったのは、二年前のことだという。その頃律子は、ある番組制作プロダクションのOLで、小間使い同様にこき使われていた。またまやってきた美香が彼女に目をとめ、自分の設立した〝ミカ・プロモーション〟で働かないか、と誘ってきた。提示された給料が倍も良かったので、一も二もなく律子はOKした。

「後で分かったんだけど、社長がそれまで可愛がってた子が、男が出来て会社を辞めちゃった時なの。それで私が後釜に狙われたわけ……」

入社してすぐ、律子は美香の自宅——青山の豪華マンションに誘われ、酒を飲まされたうえでベッドに誘われた。

幸平はムラムラと好奇心が湧いてきた。レズビアン同士はどうやってセックスをするのだろうか。

「律子サンは、レズの経験はあったんですか？」

「ううん。女子高時代に、先輩に淡い恋心を抱いたくらいで、肉体的なものはぜんぜん」

「美香社長は、最初、どんなふうに口説いてきたの？」

「お酒を飲んでフワーッといい気持になったらベッドに寝かされて、裸にされて、全身にキスしてくるの。それこそ足の指まで舐めてくれて、ここ（幸平の手を摑んで、自分の秘部をさわらせ）に一度も触れないうちに、私、イッちゃった」

「へぇ……」

「それがね、まるで女王さまにかしずく奴隷みたいに献身的なの。イヤだっていうのに、私のお尻の穴まで舌で舐めてくれるの。もっとも、それはお風呂に入ってからだけど……。だから、私も同じことをしてあげなきゃいけない、と思ったら『いらない』って」

「じゃ、社長はもっぱら律子サンに奉仕するだけ？」

「そう。……特に女の子のラブジュースを舐めたがるの」

「へえ」

幸平は律子の股間——ふさふさと繁った恥《ち》草の奥を弄《いじ》りながら、また欲望が甦《よみがえ》るのを覚えた。女性同士の愛戯というのは、なぜか男の欲情を刺激するものがある。

「私が、パンストじゃなくて、セパレートのストッキングを履くようになったのも、本当のことを言えば、美香社長のせいよ」

「どうして？」

「パンストだと、ここにタッチしたりキスしたりするのに、いちいちおろさなきゃいけないでしょう？　セパレートのストッキングだと、パンティ一枚だし、それだってすぐ脱げるわ。横が紐結びになったスキャンティだったら、誰にも気づかれないうちにノーパンにもなれるし……」

オフィスでの淑《しと》やかな立居振る舞いからは信じられない、淫《みだ》らなことを喋る律子だ。

「ということは、オフィスでも？」

幸平は二度の放出で萎えたはずの欲望器官が、またもやムクムクと膨張してくるのを自覚しながら訊いた。

「そうよ」

律子はケロリと肯定する。

「美香社長はね、オフィスで私と二人きりになった時なんか、私のスカートの中にすぐ頭を突っ込んでくるの。ホラ、私のデスクの下に潜りこんできて」

その光景を想像しただけで血が熱くなる。

「信じられない……」

幸平は唸った。

「ほんとよ。残業で二人きりになった時なんか、もう大変。ドアには鍵をかけ、社長室のソファの上でね」

「うーん」

　ますますいきり立つ幸平のペニスを、律子はやわらかく揉み、撫でる。

「美香社長は、本当は淫らな人なんだ」

「そう。というか、ちょっと変わった趣味もあるのね、あのひと」

　意味ありげに含み笑いするので、幸平はまたまた好奇心をそそられた。

「変わった趣味って？」

「これ、絶対に秘密よ」

　幸平の目を見て、律子は念を押す。

「分かってる。お得意さまのことだからね、誰にも言うわけがない」

「じゃ、教えてあげる。……うちのボスはレズビアンだけど、そのうえマゾなの」

「マゾぉ!?　マゾヒストってこと？」

　幸平は目を剝《む》いた。松本美香がレズビアンだということさえ驚きなのに、今度は、人に苛《いじ》められて喜ぶ倒錯趣味の持主だというのだ。

「そうよ」

「マゾヒストって、つまり、どんなことを……？」

「もちろん、縛られたりムチで打たれたり……。私のオシッコなんかも、喜んで飲むわ」

幸平は絶句してしまった。松本美香は、ファッション番組のプロデューサーとして、よく海外にも出張する。英語はもとよりフランス語も堪能で、パリでは有名デザイナーをはじめ、各界の有力者に知り合いが多い。それというのも知的で貴族的な雰囲気をもつ美貌のせいだろう。局アナ時代は、さわやかな弁舌で代議士や大物財界人に聞きにくい質問をズバズバぶつける気の強さが評判だった。

そんな松本美香が、実はレズビアンで、律子のような年下の娘に鞭打《むち》たれたり、尿を飲まされたりして喜ぶ——とは……。

「ウソでしょう、律子サン。ぼくをからかってんだ……」

幸平は首を振った。いくらなんでも、そんな荒唐無稽《こうとうむけい》なことが信じられるわけがない。

「信じないだろうなあ、やっぱり。自分の目で見ない限りは……」

律子はおかしそうに笑ってから、やや真顔になって言った。

「でも、この部屋を借りて部屋代を払ってくれてるのは社長なのよ。私の服だって靴だって下着だって、みんな美香社長がお金を出してくれるわ。それもこれも、私があのひとの秘密の欲望を満たしてあげてるから。単なるレズのお相手だけだったら、一介のＯＬにこんなぜいたくな暮らしをさせてくれるもんですか」

「じゃ、美香社長のＳＭプレイって、具体的にどんなことをするわけ？」

幸平の興味はますますつのる。それと並行して昂りも強まり、律子に握られたり撫でられたりしている肉茎は、もう完全に宙に向けてそそり立ち、浮き彫りにされた血管をズキズキと脈動させている。

「さっきも言ったように、あのひとは縛られたり、ムチで打たれたりするのが好きね。それも、私ぐらいの年下の女性に。幸か不幸か、私がその好みにぴったりだったわけ……」

5

律子によると、最初のＳＭプレイは、こともあろうに〝ミカ・プロモーション〟の社長室で行なわれたという。

「二、三度レズの相手をさせられて、私の性格とか気心を知ってから誘ってきたの」

――ある日、女社長はオフィスで何やかやと律子をいびった。『グズグズして要領が悪いわね』とか『これじゃ給料泥棒だわ』とか、他のスタッフの前で聞こえよがしに叱るのだ。

当然、気が強い律子はムッとして反抗的になる。それが彼女の策略だったのだ。

退社時間になって、美香は新米の秘書に残業を命じた。突然だったので、そのことも律子をカッカとさせた。

皆が帰った後でひとり残された律子は、不愉快さも極限に達した状態だった。美香から「社長室に来て」と言われても、ムスッとしてふて腐れた態度をしていた。年上の美しい女は、そんな部下を見つめると、謎めいた微笑を浮かべながら、囁くような声で言った。

「そうとう頭に来たみたいね。じゃ、スカッとさせてあげるわ」

オフィスは無人だったが、美香はまず、社長室のドアを内側からロックした。それから机の上にあった製図用のプラスチック定規を取って、律子に手渡した。五十センチもある、長い定規だ。

「は……？」

定規を渡された意味が分からず、律子は当惑した。律子より年上の美人社長は、唇の端にうっすらと微笑を浮かべて言った。

「それで、私のお尻をぶつのよ」

「え……!?」

呆気《あっけ》にとられて立ちすくんでいる部下の目の前で、椅子から立ちあがった美香は、机の前に回ってきた。彼女はいつものようにカッチリと男っぽく仕立てたスーツを着ていたが、その上着を脱ぎ、フリルのついた絹のブラウスと、黒いタイトスカートといった恰好になる。

「さあ。昼間、さんざんあなたをバカにした罰を、ここに与えてちょうだい」

律子に背を向け、黒い、スリットの入ったタイトスカートを、その下に着けている黒いナイロンスリップごとたくしあげた。

「社長……！」

雇われたばかりの社長秘書は、上司のあられもない姿に息を呑んだ。

松本美香はパンストではなく、黒いシーム入りのエレガントなナイロンストッキングを履き、それをやはり黒いガーターベルトで吊っていた。だから豊満なヒップを包んでいるパンティが直接、律子の網膜に飛び込んできた。

爛熟《らんじゅく》した女の重量感をずっしり湛《たた》えた、脂のしたたるような見事なヒップだ。ストッキングと同じほどに薄いのではないかと思われる黒いナイロンがぴったりと柔肌に貼りつくようにして包みこんでいた。黒い布が餅《もち》のようにムチムチとした白い肌によく映えて、一種、貴族的な気品のある外見からは信じられないほど妖《あや》しく淫らな雰囲気を発散させていた。

「さあ、律子さん。ここをぶって……」

美香は部下の目の前で、自らの下半身を覆う薄布をツルリと剝《む》くように脱ぎおろして、ぷりぷりと弾むようなまるみを彼女の目の前に晒《さら》しきって、媚《こび》を含んだ甘い声で訴えた。

多忙な社長業の合間にもエステティック・サロンに通って肉体の手入れに気を配っているだけあって、美香のヒップはシミも吹出物もほとんどなく、若々しいまでの艶《つや》を帯びていた。

「ねぇ」

催促する声が顫え、さすがに項《うなじ》から耳朶《みみたぶ》にかけての肌が上気して濃いピンク色を呈している。

「…………」

まるで魔術にでもかけられたように、律子は定規をふりかざし、力をこめて弾力性に富んだなめらかな肌を打ち叩いた。

ビシッ。

したたかな手応えとともに硬質の音がして、

「うっ！」

美香社長は呻き声を洩らした。白くてまるいヒップの丘に、サッと赤い筋が走った。律子の心の底にあった逡巡《しゆんじゆん》や困惑の念は、定規をひと振りした瞬間、たちまちどこかに吹っ飛んでしまった。自分より年上の、社会的地位もある同性を打ったり叩いたりして苛めるのは初めてだったが、確かに、尻を打たれて悲鳴をあげながら苦悶《くもん》する女ボスを眺めるのは、ある種の快感と性的な昂奮を律子にもたらした。律子の全身はカッと熱くなり、パンティの底が濡れてゆくのが自分でも分かる。

「社長って、こんなことされるのが好きなんですか。どうしようもない、変態ですね」

なんとなく冷酷な気分になり、そう嘲笑《ちょうしょう》してやると、

「ええ、そうよ。私はどうしようもない淫らな女なの……。だから、懲《こ》らしめて……」

その言葉にかえって刺激されたように、まる出しの臀部《でんぶ》をくねらせる美香だった。

「わかったわ」

女秘書は何度も何度も上司のヒップにプラスチックの定規を揮《ふる》った。ビシビシと残酷な音が断続し、みるみるうちに赤い筋が幾条も白い皮膚の上に浮きだしてくる。凄惨《せいさん》なエロティシズムが匂い立ち、律子はたちまち我を忘れた。

美香社長は、テーブルの上にうつ伏せになるぐらいに上体を倒し、尻を擡《もた》げる姿勢を保ち続けたまま、打擲《ちょうちゃく》されるがままに任せた。打たれるたびに紅唇から「ああっ」「ひっ」「おお」といった叫びが吐き出され、それがなんとも色っぽい下半身のくねりと同調する。高価な香水の匂いと同時に、熟れきった女の肌や秘部から立ちのぼる官能的な牝の匂いは、同性である律子でさえクラクラッとなりそうな蠱惑《こわく》的なものだ。

――何度、打ちのめしただろう。打擲する側の手が痺《しび》れるほどになった時、臀部をまる出しにした美人社長は、

「あうっ！」

いちだんと高い声を迸《ほとばし》らせると、背をのけぞらせるようにして、自分の机の天板にしがみ

つくようにした。

ジュルジュル、ジャーッ。

放水の音がして、年増美女の股間から白いジェット水流が迸った。

流れはすぐに止まったが、絨毯《じゅうたん》を敷き詰めた床に湯気をたてる水溜りが出来た。失禁してしまったのだ。

「あらっ。お洩らしして。まるで子供ね、社長は……」

がっくりと頭を垂れて啜《すす》り啼くような声を洩らしている年上の女をあざけり笑うと、律子は背後からツカツカと近寄り、水流が迸った部位に顔を近づけた。尿と、昂奮しきった牝の器官から立ちのぼる、刺激的な乳酪臭がツンと律子の鼻をついた。

その瞬間、自分でも意外な行動を律子はとった。思わず美香社長の背後に膝をつくと、真っ赤に腫《は》れあがった豊臀を両手で抱き、臀裂《でんれつ》を割るようにすると、女の魅力の源泉地帯とも言うべき、黒々とした飾り毛に覆われた毒っぽい色が交錯する雌蕊の部分に顔を埋め、ぬめぬめとした薄白い液を溢れさせている部分に唇を押しつけたのだ——。

「あ、あうっ」

また背を弓なりにして、美人社長は悲鳴のような声をあげた。

「後は夢中だったわ。気がついた時、私は美香社長と抱きあったままソファに寝転がっていたの。二人とも互いの着ているものを剝ぎとり、狂ったようにキスしたりおっぱいを嚙んだりしながら、相手の股をまさぐりあってたわ」

あけすけな表現で、律子はレズビアンのSMチックな愛戯を説明する。

「すごいの。美香社長のあそこったら、もう洪水！　びしょびしょになって、まるでお洩らししたみたいに、腿のところまで濡れてるの。私にお尻を叩かれながらすごく昂奮したのよ。ほんとのマゾヒストって初めて見たけど……」

幸平のいきり立った器官をしなやかな指で巧みにしごきあげ、掌でヌルヌル濡れている先端部分を覆うようにして刺激したりしながら、律子は女ボスとの倒錯的レズビアン・プレイの体験を告白した。

「すごいね……、二人とも」

幸平は、ただ圧倒されてしまう。

「女って、何回でもたて続けにイクことができるのよ。その時も、互いに舐めたり触ったりしながら、私たち何度も何度も絶頂したわ。ようやく正気にかえったのが、もう真夜中近く。それから一緒にオフィスを出て、社長の家に行ってお風呂を浴び、それからまた朝までプレイしたわ」

その夜、律子は松本美香の偏った性の嗜好《しこう》をとことん教えられた。

「テレビ局のアナウンサーになりたての頃、彼女にレズを教えこんだ先輩アナがそういった趣味だったのね。彼女が本番でミスをしたりすると、その後でしっかりお仕置きされたとかで、そのことが癖になったみたい」

それ以来、オフィスで、青山の美香社長の自宅で、時にはこの律子の部屋で、美香社長と律子はさまざまな愛戯に耽《ふけ》った。それはいつも、むき出しにした上司の尻を、部下の女秘書が平手や定規、あるいは特製の鞭などで打ちしばき、責めたてることから始まった。やがてそれは、緊縛をともなった、もっと倒錯的な色彩が濃厚なものになっていった——。

「美香社長はそうやって苛められることで、ストレス解消になるみたいよ」

「律子サンだって、そうでしょう」

「でもね、サディスティン——いじめる役なんて、よそ目にはラクに見えるかもしれないけど、いじめ役のタチというのも、結構しんどいものなのよ」

律子は、ふっと溜め息をつくようにして呟《つぶや》いた。

「どんなふうに？」

「だって私のほうは、他の誰ともつきあえないんだもの」

パトロンの美香は、彼女の生活の面倒をみるかわり、浮気を許さないというのだ。この場合、浮気とは女性、男性どっちも含まれる。律子が自分以外の第三者と交際しているのを知ると、美香は半狂乱になって泣きわめき、自殺するとまで律子を脅かすのだ。

「だから、私も困っちゃうのよね……。女性との浮気は、あんまりする気はないんだけど、やっぱり私ってホントのレズビアンじゃないから、どうしても男の人としたくなっちゃう。そこが困るとこなのよ」

律子は溜め息をついた。

「このところ、ずっとセックスは社長とだけやってたんだけど、ものたりなくなって、それで今夜、幸平クンを誘惑しちゃったわけ。だって社長、先週から取材でパリとミラノに行ってるから……」

「うーん、そうかぁ……」

それで合点《がてん》がいった。要するに律子は、男の匂いに飢えていたのだ。しかし仕事のつきあいの男性とでは社長にバレやすい。そこでオフィスに出入りしている幸平に目をつけたのだろう。ほんのつまみ食いの相手というわけだ。

（ま、このヒトが本気でおれに惚《ほ》れるわけ、ないもんな……）

律子は幸平の顔色を素早く読んだらしい。

「誤解しないで、幸平クン。私、男なら誰でもいいってことで、キミを誘ったんじゃないから」

声を潜めて、重大な秘密を打ち明けるように告げた。

「実はね、頼みごとがあるの。キミに協力者になってもらいたいことがあるんだ」

「え？　協力者？　何の？」

「うちの社長に、男の味を教えてやりたいのよ。そうすれば私も解放されるでしょ。そこでキミに協力してほしいわけ」

幸平はまた仰天した。

「どういうこと⁉　ぼくと美香社長を無理やりセックスさせようってわけ⁉」

「そう」

「無理だよ。たとえ強姦《ごうかん》するにしたって、ホントのレズって、先天的なところがあるんじゃないの？　男の匂いを嗅いだだけで気分が悪くなるとか……。そう簡単にレズをやめられるわけ、ないと思うよ」

「それは分かってるわ」

律子は頷いた。

「だけど、私が思うに、うちの社長は根っからのレズビアンじゃないみたいなんだなぁ」

律子は〝レズ矯正作戦〟とも言うべき行動を思いついた理由を説明しだした。

「社長はね、あれでも何度か男性体験はあるのよ。どうも、最初のセックスの時に男が乱暴で、それで男性とのセックスがイヤになったみたいね。そんな時、たまたまアナウンサー時代の先輩がレズビアンで彼女を誘惑して、初めて性の悦びを教えたので、それ以来、女性一本槍《やり》になったみたい。もしその頃、男性で悦びを味わえたら、ずっと男性とセックスして楽しむようになったと思わない？」

「うーん、どうかなあ……」

「だって、彼女は膣《ちつ》感覚っていうのかな、こういうの入れられてヒイヒイよがるのよ」

律子はやおら身を起こし、ベッドサイドの小机の抽斗《ひきだし》を開けて何やら黒い革で作られたものを取りだした。

「これは……！」

幸平は絶句した。太い——自分の勃起したのより一回りは確実に太い、エラのよく張った見事な男根を模した、肉質シリコンゴムで出来た真っ黒な張り形が、革の褌《ふんどし》のようなものに取りつけてある。

「そう。レズビアン用の張り形よ。中に電池とバイブレーターが組みこまれている精巧なもの。社長が香港で見つけてきたの。会うたびにこの特製パンティを私に着けさせて、自分を犯させるのよ」

「こいつを受け入れるわけ？」

「そう。こうやって……」

律子はベッドの上に起き上がり、その張り形つきパンティを自分の腰に装着した。サイドの尾錠を調節すると、その黒い擬似男根は本当に勃起しているかのように、やや宙を向く角度で屹立《きつりつ》し、律子が根元についているスイッチを入れるとビイーンと淫靡な音をたてブルブルと小刻みに震動しだした。

「どう？　こいつをぶちこんであげると、社長ったらヒイヒイよがり声をあげて、泣きわめいて、最後はおしっこみたいの洩らして失神してしまうのよ。膣感覚は私なんかよりずっと発達してる証拠だわ。だとしたら、幸平クンのホンモノのこれをぶちこんでも同じじゃないかしら……」

律子は仰向けになった幸平の股間をまさぐりだした。二度放出したにもかかわらず、美しい女社長と魅力的な女性秘書の淫猥《いんわい》きわまりない性行為を知らされ、幸平の欲望器官は、もう鋼鉄のようにカチカチになっていた。

「そんなにうまくゆくかなぁ……」

素人考えでは、張り形を入れられて快感を得られるなら、逞《たくま》しい男根をぶちこまれても同じような気がするが、性愛というものは精神的なものが重大なファクターだから、そう簡単に割り切れるかどうか、レズビアンのことはよく分からない幸平には、確信がもてない。

「もしダメだったら、ダメでもいいの。私もそろそろ今の立場に飽きてきたし。レズビアンの愛人で、ずっと拘束されたままでいるのも鬱陶《うっとう》しいから、そうなったら別れるわ」

つまり、律子は松本美香と別れることを覚悟の上で、彼女を若くて逞しい男にむりやり抱かせ、異性とのセックスに開眼させよう、という気らしい。

（やれやれ、律子サンがおれを誘惑したのは、美香社長と別れるための手段を見つけるためだったのか）

幸平はいくぶん鼻白《はなじろ》む思いがした。しかし律子は唆《そそのか》しがうまい。

「幸平クン。美香社長の体はね、とっても柔らかくて熟れきった肉がぷりんぷりんしてるのよ」

そう言われると、爛熟した松本美香の女体を抱いてみたい——という気にもなる。

「だけど、あのひとが正気でぼくに抱かれるわけがないから、強姦するしかないわけでしょう？」

りっぱな犯罪行為で、下手をしたら警察沙汰《ざた》になりかねない。そんなことになったら身の破滅である。しかし、律子はそういった点も考えてあるという。

「場所はここ、私のお部屋がいいわ。まず彼女の自由を奪い、いつものように苛めるの。彼女、それだけでイキそうになるぐらい昂奮すると思う。そうやって燃えたところにキミが登場するの。時間はたっぷりあるわけだし彼女は逃げることも救《たす》けを呼ぶこともできないんだから、ラクなものよ。後は幸平くんが責めまくればいいのよ。私も手伝うわ。もともとマゾなんだから、絶対にキミに犯されれば感じると思う。一度感じたらしめたものだわ。最後の最後までどうしてもダメだったら、彼女のあられもない写真を撮ってしまうの。それがあれば彼女も訴えられないだろうし……」

「うーん……」

律子の計画は、まさに悪魔的だった。悪魔の唆しにのってしまった幸平は、まさに魔がさしたとしか言いようがない。気がついた時は承諾してしまっていた。

「それほど言うんなら、律子サンを救けるためだと思って、やってみようか」

「そう？　うれしい！」

律子は目を輝かした。

「じゃ、今夜は幸平クンに大サービスするわ。何なりと注文して……」

律子がそう言うので、幸平は口ごもりながらも頼んでみた。

「それだったら、もう一度、ガーターベルトとストッキングを着けてくれないかな。それを着けてる律子サンって、すごくセクシィに見えるから」

「いいわよ。男の人ばかりじゃなく、女の私だって、こういう恰好をした女性は素敵だと思うもの」

律子は衣装ダンスの抽斗から、今度は別のガーターベルトを取りだした。ピンク色のベルベット素材に黒いレースの縁飾りをつけた、それこそ西洋娼婦が身に着けるような色っぽいデザインだ。黒いセパレートのナイロンストッキングを履く仕草がまたセクシィで、幸平の男根はもうビンビンと充血しきって下腹を打ち叩かんばかりだ。

「ふふ、元気ねぇ。二度も出したっていうのに……。これだったら、朝までもう二回ぐらい大丈夫ね」

黒いストッキングは律子の脚線美を一層魅力的なものにした。

「どういうポーズがいい？」

熟練したストリッパーのようにエロティックなポーズをとりながら訊く。

「そうだなあ、ベッドの上でよつん這いになってくれる？」

「じゃ、後ろから犯されるのね。刺激的だわ」

律子は素直に犬のように這い、年下の青年の言うなりに内腿を思いきり拡《ひろ》げ、尻を持ちあげてみせた。そうすると成熟した性愛のための器官が完全に視界にとびこんでくる。

「うわぁ、素敵だ……」

幸平はよく脂肪が乗ってふっくらとした饅頭《まんじゅう》のように突出している性愛器官の全容に我を

忘れて眺め、それからやおら背後から飛びかかり、犯しにかかった。

結局、律子のベッドで朝を迎えた幸平は、眠る前に三度、朝、目を覚ましてから二度、律子の子宮めがけて牡のエキスを注ぎこんだ。

「すごいわ、幸平クン。キミってスタミナあるのね。私が見込んだだけあるわ……」

律子は前から後ろから年下の男に貫かれ、子宮の奥に牡のエキスをぶち浴びせられ、啼くような歌うようなオルガスムスのよがり声を張りあげて何度も絶頂した——。

6

——その週の土曜、夜の九時頃。桑田幸平は野添律子のマンションの近くにある喫茶店で時間をつぶしていた。

その夜は、ヨーロッパから帰国したばかりの松本美香を律子が自分の部屋に誘うことになっていた。濃厚な倒錯性戯が開始されて少ししたら、律子がこっそり電話してくることになっていた。

(ほんと、こんなことをやらかしていいものか……)

いくら「男とのセックスの悦びを教えるため」という大義名分があったとしても、松本美香は得意先の経営者であり、マスメディアに名の売れた有名人なのだ。よりにもよって、その女性を律子の命じるままに嬲《なぶ》り犯すことになるとは……。

律子は幸平が怯《ひる》むのを見越して、こんな提案をしてきた。

「幸平クン、美香社長に顔を見られないほうがいいでしょ？　だから、犯す時はこれを着けてるといいわ。これだと社長に顔を見られる心配がないから」

手渡されたのは、防寒用の、毛糸で出来た黒い目出し帽だった。なるほど、こいつをかぶってしまえば人相はまったく分からない。少しは気が楽だ。それは今、彼の上着のポケットに入っている。

（ま、乗りかかった船だ。こうなったら、やるっきゃない……）

幸平は腹をくくった。律子の甘い囁きが耳に甦った。彼女は幸平が自分の計画に加担してくれたら「キミのセックス・フレンドになってあげる」と約束してくれたのだ。

もし、〝レズビアン矯正作戦〟に失敗しても、律子のひき締まった肉体をこれからも満喫できる。それに、ともかく今夜は熟れきった松本美香の肉体も満喫できるのだ。

（男なら、このチャンスを無視できるか）

そう自分に言い聞かせる幸平だった。

九時半ちかくになって、ようやく律子からの呼び出し電話がかかった。

「万事、計画どおりよ。これからすぐ来て。静かに入ってきてね……」

居間の電話からかけている律子は、声をひそめて言った。幸平はエレベーターで律子の部屋の階まで上がった。胸が息苦しくなるほど動悸が激しい。

打ち合わせどおり、律子の部屋のドアはロックされていなかった。物音をたてぬよう、そうっと上がりこむ。中に入りこんでからすぐ、目出し帽をすっぽりかぶった。そうすると自分が強姦魔か何かになったような気がした。

寝室のドアは閉ざされていたが、中から女の呻くような喘《あえ》ぐような声が聞こえてきた。

(律子サンが、美香社長をいたぶってるんだ……!)

すでに膨張していた股間に、さらに熱い血がドクドクッと注ぎこまれた。ドアの鍵穴のところにそうっと目を押し当てて中を覗いた。

(うわ……!)

もう少しで声を出すところだった。予想以上にショッキングな光景が展開していたからだ。

ダブルベッドの上に、律子の上司でありパトロンである松本美香が横たわっていた。

体にはガーターベルトとストッキング以外は何も着けていない。ふくよか——というより、むっちりと肉がついた、いかにも熟れきった驚くほど見事な曲線の女体ではある。シーム入りの黒いストッキングに包まれた脚線は、腿のつけ根あたりは逞しささえ感じさせるものの、膝から下のすんなりと伸びた具合は律子と負けないぐらい優美だ。

もと民放キー局の人気美人アナだった女は、後ろ手に革の手錠をかけられて、上半身の自由を奪われていた。肌の色は律子よりもっと白く、ヒップの丸みはまるでつきたての餅のように柔らかそうだ。

（ほんとに、あの女、苛められて悦ぶマゾヒストだったんだ……）

幸平はそれまで、自分にはＳＭ趣味はないと思っていたが、そうやって目の前に、まったく自由を奪われた裸女が転がされているのを見て、血が滾るのを覚えた――。

鍵穴から覗き見している幸平の視野に、突然、律子が現れた。

「おっ」

また声が洩れそうになる。彼女もまた幸平の意表をつく恰好をしていたからだ。

抜群のプロポーションを持った肉体を包んでいるのは、エロティックな下着だった。

黒いブラ、パンティ、ガーターベルト。それに黒い網ストッキング。しかも、ぴかぴか光る黒エナメルのハイヒールで絨毯の上を歩きまわっている。手には先端が何本にも分かれた革製の鞭を持っている。

（ＳＭの女王さまスタイルだな……）

黒いナイロンの下着や靴下は、色白の肌に映えている。ブラもパンティも薄い布地で作られているので、薔薇《ばら》色の乳首も濃いアンダーヘアの形状も一目瞭然だ。

ベッドの左側に、腰に手を置いて立ちはだかった律子は、いかめしい声を作って縛りあげた美香に命令した。

「さあ、パリでさんざん遊び歩いてきた罰を与えるわ。お尻をあげるのよ！」

「はい、律子さま……」

オフィスでは叱りとばしている部下のＯＬなのに、今の美香はまったく従順な奴隷だ。しおらしい声で言われたとおりに豊満なヒップを持ちあげた。

「脚を開いて！」

「はいっ」

むちむちした両腿が割り広げられる。臀裂が開き、鍵穴から窃視《せっし》する幸平は、セピア色したアヌスから、毒っぽくほころびた秘部の粘膜の様子まで、はっきり視認することができた。

驚いたことに、粘膜のその部分は夥《おびただ》しい量の蜜状液でねっとり濡れそぼり、照明を受けてキラキラ輝いている。

（うへ。縛られただけであんなに濡れて……）

幸平は呆《あき》れかえった。松本美香がレズビアンで強度のマゾヒストだということは、これを見ただけで明らかだった。

「さあ、私の鞭を受けてみな！」

鋭い声を張り上げて、色っぽいランジェリーを纏《まと》った律子が、鞭を揮った。房状になった細い革がむき卵のように艶やかな尻をビシビシと残酷に打ち叩き、美香は「ひいっ。アウッ！」と哀れな悲鳴を上げて苦悶した。みるみるうちに何条もの赤い打痕《だこん》が白い肌に浮きあがり、網目を形づくってゆく。

（律子サンは、意外と心底からのサディスティンじゃないのか……）

幸平がそう思うほど、律子は容赦がなかった。泣き叫び、許しを乞う年上の女を、冷然とした態度で鞭打ち続ける。

「許して。もう許してぇ！」

美香の頬を汚辱と苦痛の涙が伝う。

「私の言うことをきくなら、許してやる」と律子。

「何でもききます。だから、もう撲《う》たないで！　ああ、律子さま……っ！」

美香の豊臀は、背から腿にかけて真っ赤に腫れあがり、鞭痕の交錯したところはドス黒く血がにじみだした。

「よし。その言葉に嘘はないな」

満足して頷《うなず》いた律子は、サッと寝室のドアを開けた。

「さあ、入って。このブタ女を見てやって！」

律子は婉然《えんぜん》たる微笑を浮かべ、幸平に命令した。

「きゃあっ！　だ、誰っ、その男は!?」

突然に出現した毛糸の目出し帽をかぶった男の姿を見て、ガバッと身を起こして振り返った松本美香は、魂《たま》消《げ》るような悲鳴をあげた。目の玉が飛び出すのではないかと思うほど、目が大きく見ひらかれた。

「驚くこと、ないわ。今夜はおまえの偏ったセックスの趣味を矯正してやるのよ。男とセックスする悦びを教えてあげようというの」

美香は目を丸くし、嫌悪と恐怖の表情を露《あら》わにした。

「じょ、冗談はよして、律子！　男とセックスさせるなんて……。あなた、気でも狂ったの？　男とやるなんてごめんだわ」

「まあ、そんなこと言わないで。あんたは食わず嫌いなのよ。嫌いな食べものだって、何度か食べているうちに好きになる、ってことだってあるでしょう？」

「とんでもない、やめてよ！」

裸同然の美香は、後ろ手錠をかけられたままでベッドの上で体を縮めるようにした。闖入《ちんにゅう》してきた暴漢の目から自分の恥ずかしい部分をなんとか遮《さえぎ》ろうとしている。

「ふふ。観念するのね」

美香は鞭を投げ捨て、別なものを手にとった。それは大型の犬に使うような革製の首輪だった。

「あっ、やめて。何を……」

「うるさいわね」

必死に逆らう美香の首根っこを押さえ、がっちりと首輪をかけ、さらに五メートルほどの金属の鎖でベッドの支柱に繫《つな》いでしまう。これで、どんなにあがいてもこの部屋からは逃げられない。

「やめて。律子っ。いやっ、冗談でしょ」

美香はそれでも必死にもがき、哀願する。

「うるさいわね……」

呆然と見ている幸平に向かって、律子が命令した。

「服を脱いで。キミのパンツを貸して」

「えっ!?」

「ぎゃあぎゃあうるさいから、猿ぐつわにするの。ふだんは私のパンティを使ってるけどこれから男に抱かれる悦びを教えるんだから男の匂いに慣れないとね……」

幸平は従順に服を脱ぎ、ブリーフ一枚になった。囚われた美女の裸身を前にして、彼の男根はいきり立ち、薄いブルーのブリーフを下から押しあげてテントのようになっている。

「さあ、早く」

せかされて、思いきって脱いだ。

「いや……っ！」

下腹を打たんばかりに怒張しきった男の欲望器官を目の前にさらけ出され、美香は怯《おび》えた表情になり顔を背けた。

「ほら、見なさい。この男はおまえのヌードを見てこんなにビンビンになって、パンツも濡れちゃってるわ。牡の匂いがたっぷりしみこんでいい匂いがするわよ。あーんして」

「…………」

嫌悪の表情を見せて美香は唇をキッと結ぶ。律子はおもしろそうな顔をして、年上の女の形よい鼻をつまみ、呼吸を塞いでしまう。

「あ、ふっ」

苦しくなって口で呼吸しようとするところを素早くこじあけ、幸平が一日穿いていたブリーフをねじこんでしまった。

「ぐ、ぐぐくっ」

目を白黒させる美香の頬を割るように、スカーフのような布切れが巻きつけられ、口いっぱいに押しこめられた男の下着を吐き出せないようにしてしまう。

「さあ、静かになったわ」

満足そうに言うと、目出し帽しか身に着けていない幸平に振り向くと、

「さあ、この女を可愛がってやって。気がすむまで辱《はずかし》めて、男に犯される悦びを教えてやって……」

幸平は怒張しきっているペニスをふりかざすようにして歩み出た。

「む、……!」

むうっと濃厚な牝の体臭を発散させている豊満な女体が、彼の腕からなんとか逃れようと空《むな》しい抵抗を見せた。

「おとなしくしろ」

せいぜいドスをきかせた声で脅かし、正面から抱きついた。

「ほら、なかなか魅力的でしょ。このおっぱいなんか、なかなかなかなものよ」

律子がもがく美香を背後から抱きしめ、抵抗を減殺する。

（うーん、デリシャス……）

ぶるんぶるんと重たげに揺れる二つの肉球を見て、幸平は唸った。美香は妊娠の経験もないらしく、やや垂れ気味ではあるが、瑞々《みずみず》しいふくらみだ。乳首も薔薇色だ。乳暈はわりと大きめで、青い静脈がくっきり透けて見えるほど肌は白い。

(たまらん……)

一方の肉丘を鷲摑みにし、もう一方の肉丘の先端にかぶりつくように顔を埋めた。

「む、ぐう、くっ……」

美香の裸身が跳ねた。

「暴れないで。ほら、男におっぱい吸われるのもいい気持でしょ」

背後からパトロンのヌードを抱き押さえている律子が、甘い声であやすように言う。幸平が吸い、しゃぶりついた美香の乳首が固くしこり、突出してくる。

(へぇ、おれに吸われて昂奮してる)

使命に対する自信が湧いてきた。

(これなら、やれるぞ……)

両方の乳首を念入りに吸い、時には弱く、時には強く嚙んだりしながら、ゆさゆさと揺れるようなふくらみ全体を手で愛撫してやる。

「む、く……、うっ」

猿ぐつわの隙間《すきま》から洩れる息が、心なしかやるせない。

「ね、感じてるよ、このひと」

自由を奪った美香の背後から項や耳朶に息を吹きかけたり、背から腰にかけての肌を撫でまわしたりしている律子が、ひやかす口調で言う。美香の頬が紅潮し、ねっとり脂汗を浮かせた肌から、さらに刺激的な牝の香りが立ちのぼった。

「じゃ、下を見てみようか」

余裕が出てきた幸平は、乳房から口を離すと、手を股にあてがった。

「く……」

内腿を閉じあわせて必死に抵抗するのだが、幸平はグイと力まかせにこじあけ、布きれ一枚も着けていない女の羞恥ゾーンをあからさまに露呈させてしまった。

「…………!」

美香は紅潮した頬をそむけ目を固く瞑《つむ》った。

「わ、濃い」

濃密に繁茂した逆三角形が白い肌に映えていた。律子のそれはハート形だが、美香のはやや菱形に近い。しかし縮れ具合は少なく、律子のよりずっと艶やかで長い。幸平は指をからめてみた。チリチリというよりシナシナとした絹糸を思わせる感触だ。

（すてきなヘアだ……）

秘毛の草むらを愛撫するように掻《か》き分けてゆくと、充血してふっくり脹らんだ大陰唇に囲まれた秘花の中心部が現れた。

「ひ……」

女体の中心をギラギラした視線で犯され、さらにごつい指で嬲られることに堪え難い羞恥を感じるのか、美香は何度も瀕死の魚が跳ねるようにもがき悶《もだ》え、内腿を擦り合わせようとする。律子も幸平に協力して、それを許さない。

「ね、どう思う？」

「すごいね、このクリトリス。こんなに突き出て……。よく感じるだろうな」

「触ってみたら」

「うん」

ピンク色の肉芽が、大粒の真珠のように膨張し、包皮を自ら剝きあげて突起している。それに触れてやると、

「む、うっ」

また女体が痙攣した。

「やっぱり、感じやすい」

濡れきらめく粘膜を指で拡げ、顔を近づける。子供を生んでいない体のせいか、やや紊乱《びんらん》な小陰唇の奥は可憐とさえ思えるたたずまいである。

「洪水だなあ。見て、こんなにヌラヌラ、びちょびちょだ」

幸平が言うと、律子も、

「淫乱女だという証拠よ。嫌いだという男におっぱい吸われて、おまんこを指で拡げられたらメロメロになって……。指を突っ込んでやったら？」

「そうしようか」

ぐいと人差し指をねじこむ。びくびくと女体がひとしきり顫えおののく。温かく柔らかい粘膜が彼の指をつつみこむ。

（名器じゃないか……）

彼の乏しい経験には、こういった動きを見せる膣はなかった。とろとろと新鮮な蜜が、湧き出してくる。

「えい」

二本、三本と指を押しこみ、内部を掻き回すようにし、親指でクリトリスをこねる。

「ぐ、クー、うっ、くくくっ！」

猿ぐつわを嚙まされた女体がうねり、汗に濡れた腹部がふいごのように上下する。

（指だけでこうなら、おれのペニスを受け入れたらどうなるんだろう？）

熟れきった女体の敏感さに感嘆した幸平だ。

「そろそろ犯してやったら？」

促す律子の声も熱に浮かされたように嗄《かす》れている。

「よし」

幸平も、もう我慢できない状態だった。青筋を浮かせて限界までギンギンに勃起している男根を握りしめた。尿道口からは透明なカウパー腺液がトロトロと糸を引いて垂れている。

「じゃ」

律子が上司である囚われの美女を仰向けにした。幸平がのしかかり、割り裂いた下肢の間に腰を沈める。二人の横に位置した律子は美香の脚を拡げるのに協力する。

二度、三度と腰を振るようにくねらせて凌辱《りょうじょく》を拒んだ美香だが、しょせん二人がかりではかなうわけがない。

「くらえ」

充分に狙いをつけて粘膜の通路をこじあけ、ぐいと突きたてると、

「むぐー……！」

汗まみれの裸身が黒髪を左右に振り乱してのけ反り、それから痙攣した。ふかぶかと根元

まで幸平に突きたてられたのだ。

「お、う、うむ……」

濡れた粘膜が顫えおののくようにまつわりつく感触。快美感が腰から脳天へと突きぬける。

幸平は思わず悦楽の声を吐きちらし、腰を打ちゆすりだした。

「やったね！　ボス、根元までぶっすり。どう、ひさびさに味わう男の味は？」

律子が美香の耳に囁きかける。

「あ、ぐーう、うくっ」

返事は激しい喘ぎだ。美香は貫かれた瞬間から僅《わず》かに残っていた理性を失なっている。彼女のヒップが下から幸平を突きあげてくる。

（おれに犯されて、狂いだした……）

幸平は夢中になった。激しく抽送した。

ほどなく、頭の中が真っ白になる爆発の瞬間が訪れた。

「お、おーっ。おおおお！」

獣のように吠え、ぶるぶると全身を痙攣させながら美香の子宮めがけて煮えたぎる熔岩のような牡のエキスを迸らせた。ドクドクドクドクと。

射精の昂奮が覚めて、幸平は、

（しまった……！）

後悔した。美香の粘膜に陶酔させられて、相手に悦びを与えるという使命を忘れ、自分だけ独走してしまった。

しかし、絶頂しなかったとはいえ、美香も激しい快感を得ていることは、射精を終えた男根が粘膜にぐぐ、ぐぐと断続的に締めつけられていることで分かった。

（だったら……）

幸平はまだ萎えきらない器官を繋がらせたまま、また腰を使った。

「お、おぐぐ、ぐう」

彼の逞しい肉に組み敷かれた豊麗な女体が淫らにのたうつ。また快美感が生まれ、彼のペニスは急速に甦りだした。幸平の肉根は射精の後、間をおかないほうが蘇生しやすい。

「元気ね」

呆れたように律子が呟くのが聞こえた。

「いけ、いけ」

また締めつけてくる粘膜にやすりをかけるように抽送してやる。

「ぐ、く」

レズビアンのはずの美人社長の表情は、苦悶から陶酔へ、陶酔から法悦へと変わっていくのが分かった。猿ぐつわから洩れる声も、悩ましく乱れたものになっている。幸平も今度は、じっくり余裕をもって責めたてる。

　やがて、

「イクわよ、このひと」

　幸平の肩ごしにじっと見つめていた律子が言った。

「もうひと息ね」

　みっしりと脂肉が充実した両の腿を抱えるようにして女体の尻を浮かせ、ほぼ垂直の角度で男根を突きたてている幸平は、言われるまでもなく確かな反応を察知していた。全身に鳥肌が立ち、ペニスの先端がコロコロコロしたまるみに突き当たる。子宮はオルガスムス直前になると膣口のほうに降りてくる。

「どうだ」

　さらに激しく突きたてると、

「ぐ……！」

　ビクンと激しく女体がわななき、内腿の筋肉が痙攣しつつ驚異的な力で幸平の腰を挟みつけてきた。腰骨が砕けるのではないかと思うほどの強烈な力だ。

「うぬ……！」

「が、あっ」

白い喉がのけ反り、白目を剝いて女社長は悶絶した。熱い液体が尿道口から迸り、犯す男の下腹にぶちあたった。

「イッたわ！」

律子は叫んだ。

「このひと、キミのペニスでイッたのよ」

その時、激しく締めつける粘膜の攻勢に、幸平も限界を超えた。再び熱い牡のエキスを放射し、おおおと咆哮《ほうこう》した。

7

がっくりと脱力した美人社長の肉体から離れると、凌辱され尽くしてぱっくりと洞窟の入口をあられもなく開示した女体は、その奥からとろとろと白濁した液を流した。豊富な愛液と、幸平が二度連続して放出した精液がミックスしたものだ。

ピカッと青白い閃光《せんこう》が走った。律子が凌辱直後の女体をコンパクトカメラで撮影したのだ。

そう言えば激しく抽送している時にも、何度か光ったようだ。凄絶な凌辱劇はカメラで記録されていたわけだ。

美香は薄目を開けたが、トロンとして焦点が定まらない。強烈な絶頂感覚が、理性をバラバラにふっとばしてしまったのだ。

「はあ、はあ」

さすがに幸平も力が抜けたようになって、ぐったりと横たわる。

「お見事よ。これでうちの社長も、男にやられる味をしっかり覚えたわ」

律子は嬉しそうにいい、タオルを持ってきて幸平の前にひざまずくと、丁寧に陰部を拭《ぬぐ》ってくれる。

「私の目に狂いはなかったわ。キミはもっさりしてて女の子にモテないみたいだけど、精力は絶対強い、って思ってたから」

では、この美人OLは、上司である美香を誰に犯させようかと、長いこと周囲の男たちを観察していたのだろうか。

「まだ、大丈夫でしょう？」

萎えたペニスを愛しげにまさぐりながら訊く。

「少し休めばOKですよ」

「そう。じゃ休憩してちょうだい」

律子は婉然とした笑みを浮かべ、目出し帽の上から彼の唇に接吻した。それから美香のところに行き、

「まあ、こんなにだらしなくお口を開けて……」

そう言って美香の股間にうずくまるようにして、濡れた秘毛の奥を指で嬲った。

「う……」

ようやく我に返った美香が悶えだす。

幸平は小便がしたくなった。トイレはバスと一緒になっているので、小便した後、シャワーを浴びた。汗にまみれた目出し帽を再びかぶる気がしなくて、顔を出したまま、バスタオルを腰に巻きつけただけの恰好で浴室を出た。

喉が渇いたのでキッチンに行き、冷蔵庫から冷えた缶ビールを取り出して呑んだ。

寝室に戻ると、ベッドの上で律子がまだ美香を嬲っている。太いバイブレーターを膣にぶち込んで責めたてているのだ。

「わ、がぎ、ぐふふ、げ」

狂おしく呻き、喘ぎ、まだ後ろ手に手錠をかけられている美女は悶えている。ガーターベルトに黒ストッキングという恰好の年下の美女が年上の女を辱めている図は、このうえなく淫らな光景だ。

だ。

（すごい……）

ベッドの横に置かれた籐の肘かけ椅子に坐り、幸平はビールを啜《すす》りながら女が女を責めるのを眺めた。室内には二つの女体から発散される汗と体液の匂いが充満してむせかえるようだ。

律子も激しく昂奮している。やおら立ちあがると、秘部を覆っていたスキャンティを引きちぎるように脱ぎ捨て、美香の胸の上に跨《また》がった。猿ぐつわにしていたスカーフをほどき、口の中に詰めこんでいた幸平のブリーフを吐き出させる。

「さあ、今度は私を楽しませるのよ」

黒髪を摑むようにして、年上の女の美貌を自分の股間へあてがう。猛々しいほどに密生した恥叢《ちそう》をブラシか何かのように気品のある美貌にこすりつけた。美香は嫌がるふうもなく、年下の愛人の秘部を舐め啜りだした。

エロティックな光景と匂いに官能を刺激され、幸平の股間はまた充血を始めてきた。

彼はタオルを取って、ベッドに近づいた。

「あら、帽子、とっちゃったの」

律子が下腹をゆすりながら、彼を見て言った。

「うん。苦しいもの」

「そうね。あれだけやっちゃったんだから、顔を見られたって、もう、どうってことないわね」

美香に奉仕させながら、手を幸平の下腹に伸ばしてきた。

柔らかい指で巧みに愛撫されると、雄茎はズキズキと疼きながら仰角をあげていった。

「このひとにしゃぶらせて」

律子は美香の後ろ手錠を解き、ベッドによつん這いにさせた。床に立っている幸平の股間と美人社長の顔がほぼ同じ高さで、彼女のノーブルな顔に、赤黒く充血しカウパー腺液を滲み出させてヌラヌラ濡れ光っている亀頭が凶器のように突きつけられた。

「さあ、このひと誰だか知ってる？　うちに出入りしている昭和堂商会の桑田幸平クンよ」

幸平は松本美香と直接口をきいたことは余りなかったが、出入りしている間、何度も顔を合わせている。美香も「知っている」というふうに無言で頷いた。頬が紅潮し、視線をそむけるようにした。各界一流の人士と交際のある美香にしてみれば、オフィスに出入りしている一介の事務機セールスマンにすぎない幸平など、どこの馬の骨かという存在だろう。そんな男に凌辱の限りを尽くされ、強引にオルガスムスまで味わわされてしまったのだ。激しい屈辱感を嚙みしめているのだろう――と幸平は思った。

「何を照れてるのよ、この売女《ばいた》」

律子が叱声を浴びせてビシ、と美香の頬を張った。

「男の良さをようやく教えてくれたひとでしょう？　感謝の念をこめて奉仕したら？」

「は、はい……」

蚊の鳴くような声が喉の奥からして、目を伏せたまま首をさしのべ、幸平のいきり立っている欲望器官を、形よい唇を「O」の字に開けてくわえてきた。

彼女の体験からしてフェラチオはほとんど初めてだろうと思われた。事実、技巧的には稚拙だったが、

（あの松本美香が、美人アナとしてマスコミでもてはやされた女が、ぼくのペニスをくわえてしゃぶっている……）

そう思うだけで幸平は激しく昂るのを押さえきれなかった。

「どう、男のペニスの味は？　よくご奉仕するのよ」

言いながら律子は、犬のように這った美香の豊臀をビシャビシャと平手でうち叩く。同時にもう一方の手は自分の秘部をまさぐっている。美香が喉の奥まで幸平を受け入れ、時々、苦しげに眉をひそめる風情が何ともいえずサディスティックな気分をそそる。

「ああ、たまんないわ。幸平クン……、今度は私よ……」

突然、律子がしがみついてきた。

「よし」

幸平は美人秘書を絨毯の上に組み敷き、股間を割り拡げておいて充分に濡れそびれた雌蕊を一気に貫いた。

「あ、あーっ。いい、いいい」

律子は、これみよがしの声を張り上げ、激しく裸身を打ち揺すって悶えた。

「ちょうだい、ちょうだい」

狂おしい声で要求し、やがて幸平のエキスがドクドクと子宮に注がれると、

「あうーっ！」

猛禽《もうきん》が啼くような声をあげ、彼女も絶頂した。

体を繋いだまま、余韻を楽しみつつ二人は唇を合わせ互いの唾液を啜りあった。

首輪でベッドの柱に繋がれたままの美女は、あられもない恰好で横たわり、股間をまさぐっていた。幸平と律子の交接を眺めて自慰に耽った女の瞳は、蕩《とろ》けるようだ。

「ふふ。おまえも昂奮した？」

立ち上がった律子は、誇らしげに自分の秘部をパトロンの女性に押しつけるようにする。

彼女の膣口からはトロトロと精液と愛液の混合液が溢れ出てくる。

「さあ、舐めて」

嫌がるふうもなく、美香はまた律子の股間に顔を埋めた。

律子を清め終わると、今度は幸平の濡れた男根をくわえさせられた。

「もう、男をいやがらないわ。矯正作戦は大成功ね」

律子はこの前幸平に見せた、特製の張形つき革パンティを取りだし、腰に装着しながら言った。

「これからは、おまえは幸平クンの奴隷になるのよ。私と彼と二人のご主人に仕える性の奴隷にね」

そう言って、革鞭でビシビシと美人社長のむき出しの尻を打ちのめした。

「ああっ、許して！」

美香は幸平のペニスから口を離すと、ベッドの上にひっくり返った。その腹といわず乳房といわず、鞭が炸裂《さくれつ》する。

「さあ、お言い！　私は律子さまと幸平さまの奴隷になります、って。誓うのよ！」

「は、はいっ。誓います！　私は律子さまと幸平さまの奴隷になって奉仕します」

黒髪を振りみだし、泣き叫ぶような声で屈伏の言葉を吐く美人社長の裸身に、鞭が幾筋もの赤い打痕を浮きあがらせてゆく。

（最高だ……！）

また欲望器官を膨張させながら、幸平はサディスティックな気分になった。

「幸平クン、私が彼女の前を犯すわ。キミは後ろを犯してやって。大丈夫、充分受け入れるように訓練してあるから……」

律子が促した。幸平はペニスを聳《そび》やかせながら、またベッドにのぼる。

横臥《おうが》した美香に正対して横たわった律子が、彼女の片足を持ちあげるようにして、腰に装着した巨大なシリコンゴムの責め具をぶちこむ。

「ひ、ひいっ……！」

ぶるぶる顫えおののく汗に濡れた裸身を、彼女の背後から抱き締めて、乳房をまさぐりながら幸平は臀裂にペニスを押しつけていった——。

（こんな悦楽に耽っていいのだろうか？）

狭い関門を侵略しながら、自問する。

「あ、あうう！」

前と後ろからぞんぶんに凌辱される美女の裸身が跳ね踊る。律子は激しく抽送している。薄い筋肉と粘膜を通し、あらあらしく張り形が動くのが感じられた。根元まで埋めた幸平も腰を前後に打ちゆすった。やすり掛けするようにペニスで直腸の奥を抉《えぐ》りまわした。

「うー、あうっ。死ぬ、死んじゃう！」

美香が絶叫した。また絶頂するのだ。

（いいさ、地獄に落ちても……）

そう言い聞かせ、柔らかい女体ごしに律子と接吻しながら、幸平はえもいわれぬ快美の世界に自ら溺れていった――。

父娘ゲーム

1

玄関の前に、毒々しい塗装のバイクが駐《と》まっている。

期末決算の残業を終えて帰宅した津久野祐司《つくのゆうじ》は、胸のうちで舌打ちした。

(また、徹太《てった》か……)

ひとり娘の絢子《あやこ》は公立中の三年生だが、田川《たがわ》徹太は同じ中学を卒業した先輩で、今は落ちこぼればかりが集まっている工業高校の二年だ。中学時代からツッパリでならした少年で、今は暴走族グループのリーダーをやっている。よりによって、その徹太が絢子のボーイフレンドなのだ。

玄関のドアを開けたとたん、絢子の言葉が耳に飛びこんできた。

「まだぁ？　そろそろおやじが帰ってくる時間よ……」

絢子は自分の城とも言うべき四畳半の個室にボーイフレンドといる。その部屋は玄関を入ってすぐ、廊下の右手にある。元は応接間だったのだが、友人たちが出入りしやすいということで、絢子が強引に占拠してしまったのだ。

小さい家だ。おまけに部屋のドアをキッチリ閉めていない。ふだんの話し声よりはくぐもってはいるが、玄関で棒立ちになった父親の耳に、十五歳の娘の声はハッキリ聴き取れた。

「待てよ。そう、せかすなって……」

野太い少年の声が荒い。

「うっ……！」

苦痛をこらえる呻《うめ》き。

「はあ、はあ」

喘《あえ》ぎ声が交錯する。ギシギシとベッドの軋《きし》む音。

（あいつら……！）

祐司は愕然《がくぜん》とした。

（おれの留守にこの家でセックスを……）

怒りよりも先に、まず寂寞《せきばく》とした感情が胸を吹き抜けた。

（………）

自分の家なのに、祐司はまるで盗賊のように息を殺し、そうっと物音をたてないようにドアを閉め、靴を脱ぎ、ホールに上がった。

「う、うっ。う……」

少女の呻きが断続している。

祐司はしばらく廊下で立ちすくんでいた。まだ中三の娘がボーイフレンドとセックスしているのを見つけた場合、父親は、彼らにどういう態度をとればいいのだろう。

「あ、うっ……」

「はっ、はあ」

呆然《ぼうぜん》として娘の部屋のドアを見つめている祐司の額にじっとりと汗が浮く。彼は息苦しさを覚えてネクタイを緩めた。

(ここは、知らぬふりをしておくのが一番いい。自分の部屋で何をしようと、干渉しない約束なのだから……)

しばらく迷ったあげく、分別盛りの年齢にあるサラリーマンは、自分にそう言いきかせた。

そうっと踵《きびす》をかえしたとき、

「まだ、イカないのぉ……」

喘ぎながら絢子がまた訊いた。

「ちえっ、何度も言うなよ。せっかく気分が出てきたってのに……」

少年が舌打ちする。ベッドの軋みがやんだ。

「痛いよ。もう、いい加減にイッて……」

「おまえ、ホントに感じてないのか」

徹太が不満そうな口ぶりで尋ねた。

「だって、強すぎるんだもの」

口調からして、少女のほうは性行為を楽しんではいない。一方、少年のほうはそんな彼女に苛立《いらだ》ちを覚えている。

（あいつら、どんなふうに、やっているんだ……？）

祐司の足は釘付けになった。まだ十五歳の自分の娘は、徹太にどのように犯されているのだろうか。ふいに父親の内奥に説明できない衝動がわきおこった。

完全に閉じていないドアは、細い隙間《すきま》を残している。覗《のぞ》き見ることは可能だ。祐司が帰宅しているとは知らない二人に気づかれる恐れはない。

（馬鹿。よけいなことをするな）

もう一人の自分が制止する。だが、好奇心とは違う誘惑する心につき動かされて、祐司はそうっと近寄り、目をドアの隙間にあてがった。

窓際に寄せたベッドの上に、絢子と徹太がからみあっていた。

十七歳の徹太は、上半身にTシャツを着けただけで、仰臥《ぎょうが》した少女の裸身の上にのしかかっている。

十五歳の絢子は全裸だ。大きく腿《もも》を割り拡《ひろ》げて徹太を迎えいれているが、今は両手で彼のたくましい胸板を押しのけるようにしている。

「やめてよ、もう……」

「うるせえな……」

「だって、おやじは十時には帰るのよ。ほら、とっくに過ぎてるわ。やばいよ……」

「帰ってきたって関係ねえだろ。この部屋で何をしようが、あいつには口を出させないって言ってあるんだから」

「それはそうだけど、やってる最中に帰ってこられたら、いやだよ……。あ……っ」

年上の少年が腰をつき動かすと、少女は短い呻きを洩《も》らし、顔をしかめた。

「おまえ、おかしいぞ。こうやって、ホントに気持よくならないのか」

再びあらあらしく揺すりたてる行為を始めながら、徹太は年下の少女に訊く。

「感じないよ……」

「ミサコもユキエも、おれにブッこまれたらヒイヒイよがり泣いてよだれ流すぜ」

無慈悲なほど過激な抽送を続けながら、徹太はうそぶく。

「ウソだぁ……」

「ウソじゃねえって。聞いてみろ、あいつらに。感じないおまえがおかしいんだよ」

「……………」

腿から尻の谷間にまで、濃い毛が密生している。浅黒い肌がじっとり汗を浮かべて、桃色に上気した少女の滑らかな肌の上でひとしきり淫《みだ》らに蠢《うごめ》き、

「あ、む……！　うっ……！」

徹太はようやく射精した。

若い獣《けもの》たちの体臭がこもっている部屋は、しばらく静まりかえった。

「イッたんだね……」

安堵《あんど》したような声で言い、絢子は射精した若い獣の首に両手をからませた。自分は快感を得ていないにもかかわらず、自分の肉体で相手を満足させることが出来たという精神的な悦《よろこ》びはあるものだ。

まだ体と体を繋げたまま、二人は唇を吸いあった。

その様子を見ていられなくて、祐司はそうっと廊下を歩み、自分の寝室に入った。着替えようとしてズボンを脱ぐとき、激しく勃起していたことに気づいた。下着の内側がねっとりと透明な液で濡れている。

（なんてことだ……）

娘がボーイフレンドと性交しているのを窃視《せつし》して、四十を幾つか過ぎた中年男は欲情したのだ。

(情けない……)

自嘲《じちょう》せざるをえない。

本来なら娘の部屋に入ってゆき、「おまえら、子供のくせに何をしてるか」と怒鳴りつけ、相手の少年を二、三発殴って叩きだすのが父親だろう。

その父親が、娘とボーイフレンドが性交しているのを目撃しても何も言えず、それどころか、彼らの目に触れないようにこそこそと、足音を忍ばせて家に入り、息をひそめている。

(まったく、娘も娘なら、父親も父親だ)

慨嘆の底に、どす黒い怒りが、ふつふつと滾っている。それはやり場のない怒りだ。最後には自分自身に向けられ、やけつくような痛みを伴いながらジリジリと自尊心を焦がす酸のような怒りだ。

2

(どうしてこんなことになったのか……)

浴衣に着替えてからキッチンにゆき、冷蔵庫から缶ビールを出してぐいと呷《あお》り、ふうっと息をついた。もちろん、冷たい褐色の液に怒りを冷やす作用があるわけではない。

流しには、娘がボーイフレンドと食べたのだろう、即席麵のカップが投げ捨ててある。絢子が、男やもめの父のために食事を作ることをしなくなって久しい。四年前、まだ小学生だった頃に母親を亡くした直後は、健気《けなげ》にも朝食から夕食まで作ってくれたものなのだが……。

＊

ひとり娘の絢子が祐司に反抗し、非行に走りだしたのは、中学二年になってからすぐのことだった。何がキッカケになったのか今でも祐司には理解できない。あるいは学校で陰湿ないじめにあって、それに対抗するためにツッパリだしたのかもしれない。気がついた時は、父親がギョッとするような恰好をし、学校の規則に違反するありとあらゆる行動をとって教師たちを悩ませる問題児になっていた。

あいにく、大手家電メーカーの営業部課長に昇進したばかりの父親は、残業や夜の接待が多く、帰りが遅かった。クモ膜下出血で妻が急死して以来、家には絢子がひとり放置されるわけで、それをいいことに友人たちを呼んでは騒ぐ。近所から苦情が出ることもしばしばだった。

仕事にかまけ、多感な時期の娘を理解することを怠った父親は狼狽《ろうばい》した。後になって考えてみると、最初の対応の仕方も悪かった。反抗期の娘に、親の権威一点ばりで接したのが、絢子の反抗心をよけいにあおりたてたようだ。

学校の生活指導の教師から、彼女が田川徹太ら、ＯＢのワルたちと行動を共にしていると教えられたのは半年前だ。

「あんな奴との交際は許さん」

父親の言うことを聞く娘ではなかった。

「私が誰とつきあおうと、パパの知ったことじゃないでしょう！」

口答えされたとき、カッとなって頬《ほお》を張りとばしたのが、父娘《おやこ》の断絶を決定的なものにしてしまった。絢子は家を飛びだして二、三日帰らず、学校にも行かなかった。祐司は青くなって捜しまわった。

友人の家に泊まってケロリとした顔で帰ってきた娘は、「もう、あんたを父親だとは思わない。これからは好きにさせてもらう」といいだす始末だ。もう「パパ」とは呼ばず、「おやじ」と呼び、時には「クソおやじ」とも呼んだ。

何度も激しく衝突し、そのたびに父と娘の断絶は深まり、家出が繰り返された。絢子は父親を困らせることならなんでもする、と固く決心したみたいに無軌道な行為に走った。教師はまったく助けにならなかった。やがて父親のほうが屈服した。

「私の生活に干渉しないでよ」

絢子は父親にそう命令し、疲れきった祐司はそれを受けいれた。その日から、彼はこの家の一部分をあけ渡した。絢子は、自分の部屋を父親の立ち入りを禁じた聖域にしてしまったのだ。

彼女がそこで何をしようが、それに対して祐司は口を出さない。ただし、友人は泊めない――というとり決めが、かろうじて成立した。

それ以来、家の中に吹きすさんだ嵐はおさまり、ようやく静穏が戻ってきた。父親の権威や自尊心とひきかえにした偽りの静穏ではあるが……。

＊

（いま、彼女の聖域に踏みこんで徹太を追い出すことは、曲がりなりにも保たれている平和をぶちこわすだろう……）

自分が絢子の部屋で行なわれていることを黙認している理由を、祐司は自分自身にいい聞かせた。たとえ叱責しても、

「私が誰とどこでセックスしようが、あんたにゃ関係ねえだろう！」

絢子が怒ることは間違いない。

（そもそも、娘がボーイフレンドとセックスしていたからって、それを叱る権利がはたして父親にあるのか……？）

ビールを呑みながら、そんなことも考える祐司だ。娘というものは、いつかは父親の元を去り、他の男のものになる存在だ。

セックスにしても、中学三年にもなれば肉体もほぼ成熟していて、今どき早いということもないのかもしれない。ただ、親たちが知らないだけなのだろう。祐司も、娘が家出や無断外泊を繰りかえしていた頃、持物の中にコンドームを見つけるまでは、まだ処女だと信じていた。

（何を驚いているんだ。今さら……）

祐司の脳裏に、先刻かいま見た、浅黒い徹太の肉体に組み敷かれていた娘の、白い、汗を滲《にじ》ませた裸身が浮かびあがった。盛りあがった乳房、張りだしたヒップ。顔はまだあどけなさを残しているが、絢子の肉体はすでに一人前の〝女〟そのものだった。

「くそ……」

それを思いだすとまた下腹が疼《うず》き、祐司は舌打ちした。

徹太の、若い牡獣の器官で深く衝《つ》かれて、苦悶《くもん》する絢子の唇から洩れる哀切な呻きが耳に甦《よみがえ》る。浅黒い皮膚と、鋼鉄のように逞しい筋肉をもった、徹太の肉体が、まるで機関車のピストンのように無慈悲に娘の柔肉に叩きつけられる光景が脳裏に再生される。

（あれでは乱暴すぎる。まだセックスをよく知らないのだ……）

男はどうしても、ペニスを深く突き立てることが快感を与えることだ——と思いこみがちだ。だが、それで快感を得る女性は少ない。特に、性体験の浅い女性の場合、ほとんどが快感を味わうどころか苦痛に身悶《もだ》えする。

亡くなった妻の君江もそうだった。

祐司のペニスは、サイズとしては人なみだろう。それでも、挿入されると苦痛を訴えるため、妻との性交にいたるまで、手や唇による愛撫を念入りに行なう習慣が身についた。

おそらく徹太は、あり余る動物的な欲情につき動かされて、ただ闇くもに男根を突きたてているのだろう。十五歳の少女が苦痛を訴えるのも無理はない。

（だが、どうしろというのだ……）

祐司は苦い味のするビールを、また喉に流しこんだ。

（徹太に向かって「もっとうまくやってくれ」と頼むわけにもいくまい）

憮然《ぶぜん》として缶ビールを啜《すす》っていると、絢子の部屋のドアがあいた。ドスドスと荒々しい足音が洗面所に入ってゆく。トイレを使い、シャワーを使う音。徹太はまるで自分の家のような気楽さだ。

「徹太。ここにバスタオルを置くからね」

先刻まで彼に組み敷かれ、子宮を衝かれて哭《な》いていた娘が声をかけている。恋人というより情婦のようだ。

やがて、湯を浴びた少年は、バスタオルを腰に巻いただけの恰好でキッチンに入ってきた。

「あれま。おやじさん、帰っていたのか」

ポツネンと食卓に向かって缶ビールを呑んでいる、この家の主の姿を認めても、悪びれた様子がない。平然としている。

「おれにも呑ませてくれよ」

祐司の許しも得ず、勝手に冷蔵庫を開けて缶ビールをとり出す。

「バイクに乗ってきたんだろう」

あえて冷静さを装いながら祐司が言うと、暴走族グループの一員である少年はせせら嗤《わら》った。

「心配するなって」

冷えたビールをぐいと呷り、

「ふう、うめえ。ごちそうさんよ」

言い捨てて部屋に戻り、絢子に父親の帰宅を告げている。

「おい、おやじさん、帰ってたぞ」

「えーっ、ほんと!?　いつの間に帰ってたのかなぁ」

「おまえがヒイヒイ言ってるところ、しっかり聞かれたな」

「やだー。だけど、コソコソ入ってくるなんて、おやじ、泥棒みたい」

絢子が言い、二人でケラケラと笑いあう。徹太の哄笑《こうしょう》は、父親の目の前でその娘を思うがままに征服した若い牡《おす》の、勝ち誇った笑いだ。

（なんてざまだ……）

徹太が帰っていった後も、祐司のことをあからさまに軽蔑する徹太の態度と、それに対して何の行動も起こせない自分の不甲斐なさに対する怒りが、強い毒のように腸を腐食している。

（あいつらに何を言ってもムダだ。徹太を引き離して殴ったとしても……。暴力が何の役にも立たないのは、これまでイヤというほど思い知らされたではないか）

そう自分に言い聞かせても、それが自己弁護、自己欺瞞《ぎまん》にすぎないのは分かっている。それだけに怒りはやり場がなくブスブスと燻《くすぶ》る。

（要するにおまえは、あの少年に圧倒されている、ということだ……）

目の前でビールを呷った徹太の、裸の上半身を思い出す。

ケンカに強くなりたいために、空手の道場やボクシングジムにも通っているという徹太だ。彼の体は、筋肉は盛りあがるべきところで盛りあがり、引きしまるべきところでは引きしまり、いかにも強靭《きょうじん》そうだ。体格も、彼よりひと回りは大きい。運動神経も俊敏だろう。

中年太りの傾向が著しい祐司は、贅肉《ぜいにく》のついた自分の腹部を撫《な》でて、あらためて彼我《ひが》の肉体の差を思い知らされた。

祐司も高校時代まで柔道をやっていたが、サラリーマンになってからは、まったく鍛錬をしていない。完全になまってしまったブヨブヨの体では、あの鋼鉄のような筋肉に戦いを挑んでも一蹴《いっしゅう》されるだけだろう。

本当は、それが分かっているために、祐司は、亀が災厄をおそれて頭を甲羅の中に引っ込めるように、娘のボーイフレンドの無礼な態度を黙認しているのだ。

「うぬ……」

父親がそうやって暗い怒りの炎を燻らせながらビールを呷りつづけているのを知らぬ気に、ボーイフレンドを見送った絢子は、鼻唄を歌いながら浴室に入っていった。

いつの間にか帰っていた父親に、自分たちのやっていたことを知られたとしても、悪びれた様子のひとかけらも見せない。そもそも、父親の存在などまるで目に入らないかのようだ。

3

——真夜中、祐司は目を覚ました。ビールを呑みすぎたせいで、膀胱《ぼうこう》が痛いほどの尿意を訴えていた。

まだ酔いが残っているらしい。朦朧《もうろう》とした頭でふらふらしながらトイレに行き、長い時間かかって膀胱を空《から》にした。また寝室に戻ろうとすると、

「あ、あっ。はあっ……」

いきなり、若い娘の喘ぎ声が聞こえてきた。祐司はギョッとして立ち止まると、耳をそばだてた。

(絢子だ……!)

悩ましい——とも思える呻き声だ。

(徹太が戻ってきて、またセックスをしているのか!?)

そんな考えが真っ先に頭に浮かんだ。だが、友人は泊めない——というのが父親との最低限の約束で、絢子はそれを破ったことがない。だいいち、徹太の声も気配もない。

(だとすると……)

暗い廊下で、祐司は凍ったように立ちすくんだ。部屋の中からは確かに性の悦びを味わっている女の唇から吐き出される淫らな呻きが洩れてくる。それは、徹太に組み敷かれている時に洩らした哀切な悲鳴にも似た呻きとはまったく別の、甘やかなものだ。

（オナニーか……）

ようやく分かった。成熟した健康な肉体をもつ娘は、徹太とのセックスでは快感を得られなかった。それでいま、秘めやかな孤独の行為によって欲望を満たそうとしているのだ。

「はあ、あ、ああ……ン」

しだいに高まってゆく喘ぎ。やるせない吐息のような声。祐司の手は無意識にドアのノブをそうっと回し、隙間ができるまで押した。この夜、二度めの窃視だ。

（ほう……！）

祐司は息を呑んだ。

部屋の照明は消えていたが、窓からカーテンの隙間ごしにさしこむ月の光が、ベッドの上の娘の体をしらじらと照らしだしていた。

絢子は掛け布団をはねのけて、仰向けになっていた。身に着けているのはパジャマの上衣だけで、それも前がはだけ、碗形にふっくら盛りあがった新鮮な果実のようなふくらみを二つとも露出させている。パジャマのズボンはパンティごと脱ぎおろされて片方の足首のところにまつわりついている。

「はあ、あっ、ああ……」

恍惚《こうこつ》とした表情を浮かべながら目を閉じている十五歳の少女は、右手を股間にさしのべ左手で左の乳房を揉《も》みしだいている。

両膝《ひざ》は立て気味で、下肢は拡げられている。ひめやかな自慰行為をするにしても、驚くほど大胆奔放なポーズだ。そういうところにも、表面はおとなしそうだが、勝気で不敵なところを秘めている絢子の気質が現れているようだ。

闇の中に腹部の白い肌がほんのり浮かんで、その底に黒い繁みが見える。絢子の指は、その繁みの奥へ伸びて微妙に蠢いている。ときに激しく動いたかと思うと、いったん休止して、今度は乳房を強く揉みしだく。乳首が鋭く尖っているのが見える。

（なんとあられもない……）

自分の娘が自慰に耽《ふけ》る光景を、祐司は息をこらして眺めていた。下腹が痛い。牡の器官が充血して下着を凄《すご》い力で突きあげているのだ。

（こら、やめろ。娘の秘密の行為を盗み見るなんて、親として最低だぞ……）

自分に言いきかせるのだが、彼の足は床に、顔はドアの隙間にへばりついている。

――しばらくして、

「う、ああ、ああーっ……！」

ひときわ高い声を張りあげると、中学生の娘はぶるぶるっと裸身をふるわせた。股間をまさぐっていた自分の手をはさみこむように腿と腿がぴったり合う。

（絶頂した……！）

汗まみれの裸身をひとしきり余情でわななかせていた少女が、ぐったりと力を抜いて枕に顔を埋めるようにすると、窃視していた祐司も詰めていた息をふうっと吐き、ドアから身を離した。

——自分の寝室にかえっても、祐司は眠れなかった。目を閉じると瞼《まぶた》の裏に、白い、逞しいほどの太腿を割り拡げ、肉体の亀裂に指を半ば埋めるようにして淫靡《いんび》に悶えくねる娘の姿が浮かびあがる。

（オナニーだとちゃんとオルガスムスに達するのだから、クリトリス感覚は充分にあるわけだ……）

徹太との性交で快感を味わえないのは、やはり彼女の側の問題ではないようだ。

いつの間にか祐司の手はブリーフの下にすべりこんでいきり立っているものを握りしめしごきたてていた。それに気がついて、自嘲した。

（娘がオナニーする姿を覗き見して、それで昂奮させられた親がオナニーするとは……。まったく情けない話だ……）

再婚話もないではなかったが、絢子にふり回されてそれどころでなかった。結局、男やもめになってからの祐司は、時たまソープランドとかピンサロに行く以外は、もっぱら自慰で欲望を解消し続けてきたのだ。

彼は仰臥した姿勢でしばらく股間に伸ばした手を動かし続け、

「む……！」

やがて低く呻き、孤独な父親はドクドクと熱い牡液を放出した――。

4

翌日は珍しく残業も接待もなかったので、祐司はまっすぐ帰宅した。家の前には、また徹太のバイクが置かれていた。

（あいつめ、今日も……）

苦い顔をして家の中に入った祐司の耳に、

「あ、ああーっ！　わああ」

わが娘の悲鳴にも似た声が居間から聞こえてきた。

（なんだ、いったい⁉）

祐司は驚いて居間に飛びこんだ。彼が見たものは、ソファの上で性交している徹太と絢子の姿だった。

徹太はソファの上にふんぞりかえり、ジーンズをひきおろし、膝の上に素っ裸の絢子を跨《また》がらせていた。少女は自分の子宮を徹太の巨根に突きあげられ、そのたびに悲鳴をあげ、苦悶しながら首にしがみついている。

（個室ならともかく、居間で絢子を抱くとは……。もう、許せん……！）

怒りで目の前が瞑《くら》くなった。

「ここで何をやっているんだ！」

思わず大声で怒鳴りつけた。

「あっ」

絢子が叫んだ。しかし徹太のほうは驚いた様子も見せず、膝の上で花芯を貫いたままの恰好で、

「おや、今夜はまた、早いお帰りで……」

照れたようにニヤッと笑ってみせた。

「いやだあっ」

さすがにそうやって交合しているところをモロに父親に見られ、絢子はあわてて結合をといた。一瞬だが、愛液に濡れそぼった赤紫色の牝《めす》の欲望器官が祐司の目に飛びこんできた。怒張しきったそれは、祐司をたじろがせるに足るサイズだ。

「居間でこんなことをしていい、と許したおぼえはないぞ。大人しくしていればつけ上がって……。もう許さん。徹太、さっさと帰れっ」

「まあ、カッカするなよ、おやじさん」

十七歳とは思えないふてぶてしさで、徹太はズボンを引き上げた。

「なあに、絢子があんまり感じないというから、少しは大人のやり方を教えてやろうと思ってよぉ。ちょっとビデオを使わせてもらってお勉強してただけさ。絢子もだいたい分かったから、後は部屋に引きあげて続きをやるよ……」

その時になって初めて気がついた。テレビの画面で、男と女が激しい交合を繰り広げている。粗野で早熟な少年は、裏ビデオを持ち込んで、それを絢子に見せながら行為に及んだのだ。

「な、な、なんというハレンチな……！　出ていけ。おまえのような男は、もう来るなっ！」

祐司が怒鳴ると、

「ちょっと、おやじ。何よ、その言いぐさは。徹太は私の恋人だよ。勝手に指図するんじゃねえよ！」

Tシャツをかぶり、パンティを穿《は》いた絢子が怒鳴りかえした。

「うるさい、おまえは黙れ！　おれは徹太に言っているんだ。おい、徹太、出ていけ」

「おいおい、そう昂奮するなってば」

徹太の顔からニヤニヤ笑いは消えない。祐司などまったく恐れていない。その態度が、年上の男の自尊心をいたく刺激した。

「この不良め！」

怒りにまかせて自分より身長のある徹太の胸板を突いた。不意をつかれてぶざまによろけた彼の表情が、サッと凶暴なものに変わった。

「おやまあ、おやじさんよ。このおれに喧嘩《けんか》を売るとはいい度胸じゃねえか」

いきなり蹴《け》りがとんできた。

ドスッ。

「うっ！」

腹をモロに直撃され、祐司は背後にふっとんだ。サイドボードに激突し、ガラス戸や酒罎《びん》が派手な音をたてて割れた。

「やったな……！」

無我夢中で祐司は反撃に出た。えいっとばかりに飛びつくと、無意識のうちに学生時代にやった柔道の技が出た。襟首《えりくび》に手をかけ、体を沈める。

「とあっ！」

大外刈りが、祐司自身が驚いたほど見事に決まった。まさか自分に向かって攻撃してくるとは思っていなかった徹太の不覚だ。ドウンと地響きを立てて、宙に浮いた頑丈な肉体がひっくりかえった。また派手な音をたててガラスの類《たぐい》が割れた。

「くそっ、やりやがったな……」

起き上がった少年の顔が、蒼白《そうはく》になっている。怒りに燃えて凶悪な色が目に宿った。

「うぬ！」

「この！」

四十三歳のサラリーマンと、十七歳の高校生が一瞬、睨《にら》みあった。

「…………」

絢子は廊下に出て、二人を眺めている。野次馬のように勝負がつくのを待っている。彼女もまた、父親が自分のボーイフレンドに勝つとは思っていない。

「くらえ」

組みあうのは不利と見た徹太が、パンチを繰り出してきた。一発、二発はかわしたが、三発目は鼻を直撃された。目の前に火花がとんだ。クタクタと床に崩れ落ちる。

「ざけるんじゃねえよ、このタコ」

背と腰をイヤというほど蹴りとばされ、祐司は悲鳴をあげた。だが、もう一度蹴飛ばそうとした瞬間を狙って、体重のかかった足をすくう。

「おう」

ドンと床にうつ伏せに倒れたところに、祐司は背後から飛びかかった。

(距離をとったらパンチと蹴りで負ける。対抗するには接近戦しかない……)

とっさに繰り出したのは、柔道の絞め技で、裸絞めと呼ばれる技だ。背後から左の前腕部と上腕部を敵の頸部《けいぶ》に巻きつけ、手首を右手で摑《つか》み、引き絞る。レスリングのスリーパーホールドと似ている。きれいに決まると頸動脈が圧迫されて、絞められたほうは失神する。

「ぐ、げっ……!」

祐司に格闘技の心得があるとは思っていなかった徹太は狼狽した。闇雲に手をふりまわすが、背中にぴったり密着した攻撃者に打撃を与えることはできない。

「うぬ」

祐司は吠えて、彼の喉首に巻きつけた腕をさらに引き絞った。いまや凶暴な殺意が彼を駆りたてている。

「ひ、ひっ」

気管が圧迫されて舌が飛びだし、徹太の吐く息が笛のように甲高くなった。顔は真っ赤に充血し、目がカッと飛びだしそうだ。

(落ちるな……)

この乱暴な少年に勝つのだという歓喜がわきあがった。

その瞬間、
ガッ。

脳天にすさまじい衝撃を受け、世界がまっ暗になった。祐司は頭を押さえてぶっ倒れた。

「げ、げほ、げほ」

気絶寸前に解放された徹太はぜいぜいと喘ぎ、肺に空気を送りこみながらフラフラと立ちあがった。

「この野郎……!」

頭からダラダラ血を流して横たわっている中年男の腹を、憎悪をこめて蹴りあげる。髪を引っ摑んで立ちあがらせ、顔と腹にパンチを浴びせた。

「やめてよ、もういいでしょ。あんた、うちのおやじを殺しちゃうわよ……」

半分意識を失い、まるでボロ雑巾のように蹴り転がされるままになってしまった父親を見て、さすがに絢子が制止にかかった。その彼女が、徹太を助けるために花瓶で父親の頭を思いきり殴りつけたのだが。

＊

「この野郎、思い知ったか」

徹太は捨てぜりふを残して出ていった。

遠ざかるバイクの排気音を聞きながら、祐司は絨毯《じゅうたん》の上に横たわっていた。頭は文字どおり割れるように痛み、流れる血がねっとり顔の半分を覆っている。目を開けても何も見えないので、一瞬、目玉が潰《つぶ》れたのかと思ってギョッとした。指でこすってみると血の固まりがとれ、見えるようになった。

「うう……」

起きあがろうとすると激痛が腰から全身に走った。さんざんに蹴りあげられたので、骨という骨が関節から外れてしまったのではないかと思うほどだ。

「ふうふう、はあはあ」

嵐が去った後のように目茶苦茶になった部屋の中に、自分が呼吸する音だけが聞こえる。

（完全にやられたな……）

苦痛と共に敗北感が全身を押しつつんでいる。最後は娘の目の前で、まるでくず籠《かご》のように蹴とばされ無様なありさまだった。

（絢子も行ってしまった……）

恋人が不利になると、彼女はためらわず、花瓶で自分の父親を殴りつけた。その事実が肉体的な打撃以上に祐司をうちのめしていた。

（そこまで憎まれているとは……）

いつかは絢子も、娘を思う父親の心を理解してくれるのでは――と思っていたが、そんな期待は蜃気楼《しんきろう》みたいな幻影にしかすぎなかったのだ。

ようやく意識がハッキリしてきた。頭からの出血もおさまったようだ。そろそろと体のあちこちを動かしてみる。息をすると胸がキリキリと痛む。肋骨《ろっこつ》が折れるか、ひびが入ったらしい。足首も捻挫《ねんざ》をしている。それ以外は、なんとか意志どおりに動く。

彼は絨毯を這《は》いずるようにして洗面所まで行き、なんとか洗面台の蛇口の下に顔を突っこんだ。冷水を頭からかぶり、顔から首までべっとり汚した血糊《ちのり》を洗い流す。頭頂部を手で触ってみるとかなり大きな傷がパックリとあいていた。それでも、頭蓋骨《ずがいこつ》のほうは大丈夫らしい。

（まあ、頭の傷は出血したほうがいいというからな……）

薬箱からオキシフルを取り出し、傷口にぶっかけた。ひどく染みて唸《うな》り声をあげた。涙が溢《あふ》れる。とりあえずタオルを押しあて、鎮痛剤を数錠服《の》んだ。

居間に戻り、ソファにぶっ倒れるように横たわった。立ちあがって歩くと目まいがするのだ。脳震盪《のうしんとう》というやつだろう。

（ま、大外刈りも決まったし、かなわぬまでも善戦したではないか……）

そう思って自分を慰めた。目を閉じているうち、すうっと意識が薄れた——。

5

「あ、痛っ！」

ピリピリと灼《や》けるような痛みを覚え、祐司は目を覚ました。

「動かないで」

頭の上で絢子の声がした。

「いま、消毒してるんだから……」

祐司は驚いた。徹太と一緒に飛びだしていったはずの絢子が、彼に覆いかぶさるようにして頭の傷をいじっているではないか。

「絢子……」

Tシャツに覆われたノーブラの胸が目の前にあり、少女の肌から発散する、酸っぱいような甘いような刺激的な匂いが、ツンと鼻を衝いた。

いつの間にか上着やズボンは脱がされ、シャツとパンツだけの恰好でソファに仰臥していた。体は毛布で覆われている。彼が眠っている間に、帰ってきた絢子が面倒をみてくれたらしい。

（どういうことだ……？）

今までまったく父親のことなどかえりみなかった娘が、どうしてこう、かいがいしく看護してくれるのか。祐司はこれが夢の中の出来事なのではないかと疑った。

「どうやら血は止まったみたい。それにしても、強く殴りすぎちゃったかな……」

絢子はテキパキと傷口を消毒し、ガーゼをあて、絆創膏《ばんそうこう》でとめ、包帯を巻きながら、

「悪く思わないでよ。ああでもしなきゃ、徹太が殺されると思って、私もあわてちゃってさ……。パパ、すごい形相だったもの」

弁解する口調だ。これまで「おやじ」としか呼ばなかった彼女が、「パパ」と言ったので、祐司は内心驚いた。

「いま、何時だ?」

「十二時かな。……明日は会社は休んだほうがいいよ。この顔じゃね」

そうっと顔を触ってみた。左の目の下が腫《は》れあがって目が半分しか開かない。上唇の切れたところも信じられないほど腫れて、めくりかえったみたいになっている。鏡でみれば顔全体が紫色に変色しているに違いない。

「くそ、徹太のやつ、なかなかやるな……」

そう呟《つぶや》くと、絢子がおかしそうに笑った。

「徹太も、同じことを言ってたよ」

絢子は徹太の家まで行き、彼のダメージを手当てしてから帰ってきたのだという。

(おれの身を案じたというわけか。それにしても、どういう風のふきまわしだろう?)

ガラリ変わった絢子の態度に父親は戸惑いさえ覚える。

「驚いたよ。パパが徹太を相手にあそこまでやると思わなかったもん。私が手をださなきゃ、徹太が負けてたわ………」

どうやら絢子は、祐司が敢然と徹太に立ち向かっていったことで、父親に対する考えかたが変わったらしい。

(そうか……、今までは面倒さえおこさなきゃいいと思って、何でも黙認していたからな……。二人の目には、おれはまるで負け犬のように映っていたのかもしれん……）

父親の手当てを終えると、足首を挫《くじ》いた彼の肩を支えるようにして彼の寝室まで連れていった。サーファーカットの髪が甘く香る。絢子の全身から、また「女」が匂いたち、祐司は狼狽した。

布団を敷いてから父親を横たえさせた絢子は、下着一枚の彼の股間に起きた現象をめざとく認めた。

「あれ、パパ。立ってる……⁉」

祐司は狼狽した。

「いや……、これは、自然現象だ」

「弁解しなくていいよ。私があちこちさわったからね」

もう処女ではない中三の娘は、わけ知り顔で言い、特に驚いたり嫌悪する表情はない。かえって、まるい目をくりくりさせて唇の端に笑みが浮かんでいる。面白がっている様子だ。

「たまってるんでしょ」

そんなことを言いながら、かけ布団をかける。腋《わき》の下が彼の顔の上をよぎり、また強く体臭が匂った。祐司の欲望器官はよけいにいきりたつ。

「ね、パパ……。男の人ってたまってくるとセックスしなきゃおさまらないんでしょう？

ママが亡くなってからどうしてるの？　誰か決まった相手がいるの？」

布団の傍《そば》から離れず、かなりあからさまに父親の性生活について訊いてきた。つられて祐司も率直に答えた。

「そんな人はいないよ。ま、たまにお金を払ってソープランドに行くとかするけど……」

「へぇ。そんなもんでいいの？　徹太なんて、一日に三回やらないと鼻血が出るというけどね」

祐司は苦笑した。

「若いころは誰でもそうだけど、年をとるとそうはいかなくなる」

「でも……、恋人を作ればいいのに」

「そうは言っても、ここ一、二年はおまえのことで、それどころではなかったからな」

「そうかあ……、私の責任もあるんだ」

ふいにシンミリした口調になった。

「少しツッパリすぎたとは、思ってるんだ」

いきなりかけ布団の下から手がのびて、ブリーフの上から充血している器官をさわってきた。

「こら、何を……」

「わ、ズキズキいってる」

「絢子……」

「パパに寂しい思いをさせたから、少しは恩返しをしようか……」

いきなり立ちあがると、Tシャツとショートパンツを脱ぎ捨て、白いビキニのパンティ一枚になって父親の横に潜りこんできた。

「何を……」

甘酸っぱい香りのする柔肌が押しつけられる。祐司はさらに狼狽した。娘がもう子供とは言えないほど成熟していることは、既に知っている。いくら我が娘とはいえ、その魅惑的な匂いと感触には、牡の本能を刺激されてしまう。

「ちょっと、興味もあるんだ。パパのこれに……」

絢子は父親の困惑など無頓着に、ブリーフの下に手をもぐりこませ、怒張している肉根を握りしめてきた。

「こら、絢子……」

「いいじゃない、触らせてよ。パパだってさわっていいから」

彼の手を自分の胸に導く。ふっくらした乳房は驚くほど弾力に富んで、それでいて掌《てのひら》に吸いつくような感触だ。乳首が尖り、せり出している。祐司は娘も性的に昂奮していることに気づいた。刺激的な体臭が濃厚に香る。男の理性を痺《しび》れさせる、目まいのするような蠱《こ》惑《わく》的な匂い。柔らかい絢子の掌に包まれて、彼の欲望器官はそそり立っている。

「ねえ、パパ……。聞きたいんだけど」

ややかすれたような声で、絢子が彼の耳元で囁いた。枕元の明かりにキラキラと目が熱っぽく輝いている。

「なんだい……？」

彼の掌は、実の娘のむっちり膨らんだ乳房を無意識に揉みしだいている。牡の条件反射的行動だ。

「徹太は、私が不感症だって言うんだよ。あいつが入れてくると痛くて、ちっともいい気持じゃないから……」

やはり絢子は、恋人に言われた言葉に幾分か傷ついている。二人の間に生じた、奇妙だが親密な雰囲気を壊すまいとして、祐司は娘の疑問を真剣に考慮してやることにした。

「おまえ、オナニーはするんだろう？　その時は気持がいいか？」

「……うん」

ちょっと口ごもってから、コクリと頷《うなず》いた。

「だったら、不感症じゃないな。絢子の問題というより、徹太のやり方が悪いんだ」

「だってあいつ、他の女の子とやる時は、相手がヒイヒイ言ってよがる——って自慢してるよ。ペニスも大きいし……」

「どうかな。女性というのは、男の歓心を得たくて、演技するからね……。サイズも、大きけりゃいいってもんじゃない。膣が小さい女の子はつらいだけだよ。ママもそうだったしね」

「へえー、ママも……？」

「徹太はちゃんと前戯をするのか？　つまり、その……、おまえが昂奮して完全に濡れるまでかわいがってくれるのか？」

「うーん、あんまり、そういうことはしないね。いきなり、って感じで入れてくる。唾《つば》かなんかつけて……」

「それじゃ、ダメだ。女性が膣で感じるっていうのは、全身的に充分に昂奮しないとムリだよ」

「ほんと……」

「ほんとさ……」

（自分の娘と、いったい何をしゃべっているのか……）

いい匂いのする少女の柔肌を愛撫《あいぶ》しながら自分でも呆《あき》れている祐司だ。絢子の体は熱を帯び、じっとり湿ってきた。握られているペニスがしごかれだした。ぎこちない動きだが甘美な快感がわきおこる。

「う……」

祐司は呻いた。

「ね、パパ……。教えてよ、そういうセックス。私、不感症じゃないってこと、確かめたい……」

いきなり絢子がねだってきた。

「そんな……。パパとおまえがセックスするわけにはいかないよ」

「いいじゃん。この際、親子だって」

あっけらかんとした口調でいい、いきなり唇に唇を押しつけてきた。舌をからませながら手はせわしなく動き、父親のブリーフをひきおろしてしまう。完全にむきだしになった怒張しきったものを、さらにしごきたてる。睾丸まで触ってきて、握りしめるようにする。かなり本気な様子だ。

「あ、こら……」

「ねぇ……」

彼の手はパンティの上からこんもりした丘に導かれた。よく発達した陰阜《いんぷ》の底のほうはじっとりと熱く湿っていた。

（ほう……）

無意識に祐司の指が蠢き、薄い下着の底をまさぐった。

（女たちの中には、男が闘争するのを見て性欲が昂《たか》まるものがいるというが……）

あるいは、絢子もそういう体質なのかも知れない。

「う、うン…」

甘い呻きを洩らして、絢子は裸身を押しつけてくる。女体の神秘を知りつくした中年男の愛撫は、粗野な少年のものしか知らない絢子をたちまち悩乱させる効果をもたらした。汗ばんだ肌が密着する。よく発育した少女の柔肉の感触に祐司の理性は急速に退き、牡の本能がすべてを押しのけた。

（こうなったら……）

祐司はまるい尻から湿った布きれをひきむしった。股を拡げさせて秘部を眺める。恥毛は密生しているが、しなやかで柔らかい。その奥からトロトロと泉が湧いていた。祐司は指でさらに粘膜の奥を探索した。

「あ、うっ……。ううン……」

敏感な肉芽を巧みに愛撫された少女の体が反りかえった。祐司は身を起こし、絢子を仰臥させてよく発達した乳房に顔を埋めた。尖った乳首を口に含んで舌で転がすようにする。あちこち痛む体のことは忘れた。

「あ、……ン。はあっ」

パンパンに空気を詰めたゴムまりのような弾力に富んだ肉がシーツをよじる。

（よし……）

逡巡《しゅんじゅん》する気持は、陶然とした表情で悩ましげに裸身をくねらせる娘の裸身を見、濃厚な性器の匂いを嗅いで吹っ飛んだ。十五歳の少女が完全に欲望で燃えあがったと判断してから、祐司は彼女の体を自分の上にのせた。あちこち痛む現状では、この体位で交合するしかない。

夕刻、絢子は徹太の抜き身を受けいれていた。ということは安全な期間だということだが、念のために確かめる。

「大丈夫か？」

「うん。生理、終わったばかりだから……」

「よし、じゃ、パパを握って」

「うん……」

自分のそびえ立つペニスを、跨がる姿勢の絢子に握らせる。少女は父親の熱い器官をにぎりしめ、ひとしきりしごき立てる動作をしてから、透明なカウパー腺液をしたたらせている先端を自分の濡れそぼった秘裂にあてがった。

「お」

「ああ」

緊《きつ》い感触。濡れた粘膜のあわいに、ぐっと亀頭がめりこむと、絢子の唇から短い叫びが洩れた。

「痛いか？」

「ううん。……痛くない」

「痛かったら言えよ」

祐司は娘の腰を引き寄せた。ペニスを突き上げたいという本能を抑えての行動だ。絢子がヒップを沈めてくると、肉茎は蜜液を溢れさせた性愛器官に締めつけられながら、半分ほど埋没した。

「よし」

あえて全長を打ちこまず、祐司は腰をゆるく揺すりたてた。

「ああ……、あうっ……！」

絢子の唇から悲鳴に似た喘ぎ声が吐き出される。豊かに張り出し、バラ色の乳首を載せた碗形の肉丘がぶるんぶるんと揺れる。とても中三とは思えない見事なバストだ。その魅力的な光景を愛《め》でながら、同時に娘の緊い粘膜の感触を楽しむ。

「お、おおっ。パパ……、あっ！」

絢子の声が悩乱しだした。

「痛いか」

また訊く。

「痛くない。痛くないよ……。き・も・ち・いい……」

うわずった声を張り上げ、ボブカットの黒髪をうちゆする。強い匂いが彼の器官と結合した部分から立ちのぼってきた。じゅるじゅると愛液が溢れて彼の陰毛を濡らし、粘膜がこすれあう淫靡な音が断続した。

（どうだ。これで……）

腰を突き上げ、脈動する牡器官を娘の肉奥に根元までぶちこんだ。

「あ、あわわっ。パパぁ……！」

いちだんと高い悲鳴に、一瞬たじろいだ。

「痛いか、絢子」

「ううん、感じるの。あっ……！　徹太のとぜんぜん違うよ。ぜんぜん……。あうっ」

歯を食いしばるようにして、瞼もしっかり閉じた少女の表情が、やがて溶けるように変化した。恍惚の表情だ。裸の背が弓なりに反りかえり、ズンと体重が彼の腰にかかった。

「あ、アーッ、はあっ……！」

がくがくと全身が揺れ、粘膜が強い力でギュッギュッと締めつけてきた。確かに、絢子が初めて味わうオルガスムスの瞬間が訪れたのだ。

「ああーッ！」

反らせた喉から歓喜の声を高らかに迸《ほとばし》らせ、乳房をぶるんと揺さぶり、汗まみれの白い裸身がびくんびくんと父親の体の上で躍動した。

「お、おうっ」

たまらずに祐司も、堪えていたものを放射した。熱い、いま繋がっている絢子をつくりあげたものと同じ精子を、彼女の膣の奥へと勢いよくしぶかせた。

「パパ……あ」

「絢子……っ」

気の遠くなるような快美が全身を駆け抜ける。若い娘の子宮めがけてドクドクと注ぎこまれる牡のエキスを、顫《ふる》えわななくような粘膜は一滴余さず絞りとるように、締めつけ、緩める運動を行なう。

――やがて、思考能力が戻ってきた。

（なんということだ。おれは、実の娘とセックスしてしまった……）

不思議に罪悪感はなかった。どこか、スポーツに熱中した後のような爽快感さえ覚えるというのは、いったいどういうわけだろうか。心地よい脱力感に身を任せていると、意識もすうっと薄れてゆく。その耳に、がっくりと前のめりに倒れこみ、しがみついてきた絢子の熱い息が吹きかけられた。

「パパ、ありがと。私、不感症じゃなかったよ……。徹太なんか問題にならないくらい、気持よかったもの……」

祐司の胸の奥に深い満足感がわきおこった。

（やれやれ。これで、あいつに勝てたか……）

父親と娘は裸で抱き合ったまま、眠りに落ちていった——。

ろりこんゲーム

1

（…………?）

午後遅く、アパートの部屋でゴロ寝しながら、読むでもなく漫画週刊誌のページを繰っていた広介《ひろすけ》は、誰かに見つめられているような気配を感じて、視線を上げた。蒸し暑い季節なので、窓は開け放してある。

「あれ⁉」

驚いた。六畳ひと間のアパートから張り出した、狭い、形ばかりのベランダに、ひとりの可愛らしい少女がチョコンと立って、部屋の中を覗《のぞ》きこんでいたからだ。

「きみ、どこから来たの?」

一階ならともかく、この部屋は二階なのだ。広介は立ちあがり、まるで次元の違う世界からやってきたような突然の闖入者《ちんにゅうしゃ》に向かいあった。

少女の年齢は八、九歳といったところか。オカッパの髪、卵形の顔に、いかにもお茶目な丸い目。黒い瞳がクリクリと活発に動く。ピンク色のノースリーブの綿シャツに、同じ素材のショートパンツを穿《は》いている。小麦色に日焼けした脚はすっくりと伸びて、若鹿バンビ

のようだ。他人の部屋を覗き見しているところを見つけられたのに、臆《おく》する様子もなく、

「ここから」

無邪気な態度で、隣のベランダを指さした。ベランダは奥行きが半間《げん》ほどしかなく、隣の部屋のベランダとは合成樹脂のボードで仕切られている。少女はベランダの手すりを乗りこえて広介の領分に侵入してきたらしい。

「ダメだよ、そんなことしたら。危ないじゃないか……」

いかにも身軽そうな少女にとっては何でもないことだろうが、ひとつ間違えば、下の庭に落ちてしまう。彼は怖い顔を作ってみせた。少女はぜんぜん動じない。

「危なくないよ。簡単だもの」

「そんなこと言って、落ちたらどうするの。それに、勝手に他人の領分に入ってきて……。黙って人の部屋を覗いたりしちゃ、ダメでしょう？」

「だって、前にいたお兄ちゃんは、別に気にしなかったよ」

「前に……？　この部屋に住んでいた人？」

広介は三か月前、大学入学が決まってから上京してこの部屋を借りた。不動産屋の話では確か、前の住人も学生だったという。

「うん」

少女はコックリと頷《うなず》く。その仕草がなんとも愛らしい。

「じゃ、キミはお隣に住んでいるの？」

「ううん」

少女はオカッパ頭を振った。

「チカのおうちはね、あそこ」

指さしたのは、広介のアパートとはLの字形に軒を接して建っている、すぐ隣のアパートだった。ワンルームばかりの広介のアパートよりはいくぶん高級で、部屋も2DKのはずだ。こちらのベランダと、向こうのアパートの二階の通路はほとんど同じ高さである。

「ええっ!?　ということは……」

広介は驚いた。このチカという少女は、向こうの建物から、九十センチほどの空間を越えて、隣の部屋のベランダに飛び移ってきたわけだ。

「危ないことするんだなあ」

「大丈夫。へいちゃらよ。前のお兄ちゃんの時は何度も行ったり来たりしたもの」

少女はあいかわらずケロリとして、

「ね、お兄ちゃん。お部屋に入っていい？」

首を傾《かし》げるような仕草をした。

「え……、あ、いいけど……」

言い終わらないうちに、少女はピンク色のスニーカーを脱ぎ捨て、ぴょんと部屋の中に飛びこんできた。あっけにとられている広介の鼻を、少女の髪や体から発散する、甘い匂いが擽《くすぐ》った。

「へえ、今度のお兄ちゃんも学生なのね」

全然ものおじしない態度で部屋を見渡し、少女は言った。勉強机に椅子、本棚、それに敷きっぱなしの布団……。殺風景な部屋だ。彼女は目ざとく本棚の教科書の類《たぐい》や、大学のマーク入りのノートを認めたらしい。

「うん、そうだよ」

「じゃ、どうして学校に行かないの？　一日お家にいてばかりでしょう？」

そう指摘されて、広介は困惑した。隣のアパートに住むこの少女は、遊び相手だった若者が去った後、その部屋に新しくやってきた住人を、注意深く観察していたようだ。

「え!?……いや、行ってるよ」

「嘘だぁ。お兄ちゃんのお部屋、夜はずっと明かりがついているけど、昼はずっと閉めきったままで、夕方ぐらいになるとようやっと窓を開けて、顔を出すじゃないの。一日中、パジャマ着てるみたいだし……」

広介は今も、半袖のパジャマを、前をだらしなくはだけた恰好で着ている。あわててボタンをかけ、とっさに言い訳した。

「あ、えーと、それはね……。最近、ちょっと体の具合が悪かったから、休んでいたんだよ。もう、だいぶ良くなったんだけどさ」

「へぇ」

「……だから、明日あたりから学校に行こうと思っていたところなの」

「ふうん」

こまっちゃくれた表情で、自分よりずっと年上の大学生を眺めまわしたチカという娘は、その説明で納得したらしい。好奇心の対象は、机の上に埃《ほこり》をかぶって置かれているポータブル・ワープロに移った。ぴょこんと椅子に坐ると、目を輝かせた。

「わ、お兄ちゃん。ワープロ持ってるんだ！　ね、使い方、教えてくれる？」

無邪気な声で頼んだ。ホッとした広介は、少女の背後に立って、ワープロのスイッチをいれた。

「ほら、こうやってキーを打ってゆくと、ここにひらがなで文字が出るだろう？　それから、このキーを押すと、漢字になおされるわけさ。さあ、キミの名を打ってごらん」

「うん」

少女は真剣な表情になり、一文字一文字、慎重な手つきでキーを押しだした。

〝こうの〟

変換キーを押すと、

〝河野〟が出た。

「きゃっ、すごい」

嬉しそうな声。

〝ちか〟

変換キーを押すと、

〝地下〟が出て、少女は顔を顰《しか》めた。

「続けて打って」

〝地価〟〝治下〟と出、〝千佳〟になった。

「これかい？」

「ううん。違う」

もう一度押すと、

〝知佳〟

「わぁ、チカの名前が出た。利口だね、ワープロって」

「へぇ、チカちゃんは河野知佳っていうのか……」

「うん。お兄ちゃんの名前は？」

「ぼくは、こういう名前」

ワープロで、〝山本広介〟と書いてやった。

「わぁ、すごく早く打てるんだ」

少女は感心したような声をあげた。広介はなんとなく嬉しくなった。考えてみると、上京して以来、人と話す機会がほとんどなかった。まして褒められたことなど、これが初めてである。

「暑いだろう？　ほら、飲みなよ」

造りつけのキッチンに収められた小さな冷蔵庫からコーラの缶を出してきて渡すと、「ありがとう」とキチンと礼を言ってから、コクコクと喉《のど》を鳴らして飲んだ。躾《しつけ》が悪いというわけではない。天衣無縫の性格なのだろう。

「知佳ちゃん、いくつ？」

「十歳」

「じゃ、小学校四年生か」

「そう」

この近所の小学校に通っているという。どうやら親が働いていて鍵っ子らしい。

知佳は広介のワープロが大いに気にいったようだ。

「ね、お兄ちゃん。知佳にもっとワープロを教えてくれない？　クラスで自分用のワープロ持ってる子がいるけど、意地悪で触らせてくれないんだ。ママに言っても、高いからって、買ってくれないし」

「ああ、いいよ。いつでも遊びにおいで。でも、ベランダからはダメだぜ。ちゃんとドアから入ってくる、って約束したら、使わせてあげる」

「うん。約束する」

知佳は嬉しそうにニッコリと笑ってみせた。白い大きな前歯が光る。漫画映画に登場するビーバーのように愛嬌《あいきょう》がある。

「お兄ちゃん。それじゃ、また来るね」

そう言って、今度はドアから出ていった。どこか乳臭いような仔猫のような、少女特有の匂いを残して……。

（知佳ちゃんか。可愛い子だなぁ……。だけど、近所にあんな子がいたなんて、全然気がつかなかった）

また、ゴロリと布団に横になった広介は、天井を睨《にら》みながら、十歳の少女の、ピチピチと跳ねるような身のこなしを思い浮かべた。すると、この街にやってきて、こんなに意識せずに他人とおしゃべりを交わしたのは、初めてだということに気がついた。

（そういえば、気分がいい……）

今まで彼を苦しめていた、全身に重い荷がかぶさったようなだるさ、疲労感も、今日は嘘のように消滅している。

2

――山本広介は、五月病《ごがつびょう》だった。

五月病とは、環境の変化で精神のバランスが崩れた結果、心身両面にわたってさまざまな症状が現れる病である。主として、過酷な受験戦争の反動で、大学新入生が入学直後に罹《かか》ることが多い。だから五月病という。

広介の場合は、生来の内気で非社交的な性格と、地方出身者特有の劣等感が原因になっているようだ。

彼は東北地方の小都市に生まれた。親は地方公務員である。一流国立大の理工学部をめざして、熱心に勉強してきた。一浪し、この春、めでたく第一志望の難関を突破することができた。

ところが、入学して間もなく、自分の東北訛《なまり》がひどく気になりだした。相手が微笑すると、軽蔑しているのではないかと思い、顔が赤くなった。そうすると吃《ども》って、次の言葉が出なくなる。そのうち、見知らぬ他人と顔を合わせるのが耐えられなくなってきた。

それと並行して、身体症状が出てきた。寝ている間に全身から力という力が抜けきって、まるで脱け殻になったかのような感じで目が覚めるのだ。

ようやく起きだしても、今度は激しい頭痛、吐き気、下痢、動悸などが襲ってくる。頭は朦朧《もうろう》として視野も霞《かすみ》がかかったようだ。特に、学校に行くために部屋を出ようとすると、息が苦しくなり、窒息するのではないかと思ったことが何回もあった。

（これは、何かの病気だ……）

そう思って、再び寝床にぶっ倒れてしまうと、午後遅くまで昏々《こんこん》と眠ってしまう。当然、講義は欠席だ。

不思議なことに、夕方から夜にかけては、少し元気を取り戻すのだ。だが、夜は不眠が待ち構えていた。

（明日こそは講義に出るぞ）

そう自分に言い聞かせて眠ろうとするが、なかなか眠れない。焦れば焦るほど目が冴える。

オナニーをすれば疲れて眠れるだろうと思い、むりやりに二度、三度と射精してみたが、体はぐったりしても、頭は余計さえざえとしてしまう。

結局、夜も白む頃になってようやく浅い眠りに落ちる。また、朝に起きられない。こうした悪循環が続いて、大学に行くことなど不可能になってしまった。ひどい時は夜も昼も布団の中に横たわり、半分目が覚めているような半分眠っているような状態で一日を過ごすことになる。

食事は、ほとんどインスタントラーメンの類で満たしている。人と言葉を交わすのが苦痛なので、外食する気にもなれない。買物も、深夜営業のスーパーで間に合わせている。

この病気の特徴は、原因が精神的なものだということが自覚されないところにある。患者は、どこか肉体に変調があるのだとばかり思いこんでいるから、病院を訪ねても、内科医の診察を受ける。余計に適切な治療を受けるタイミングが遅れてしまう。広介も一度、近所の町医者を訪ねたが「自律神経の失調だろう」と片づけられ、眠れるようにと軽い精神安定剤を渡されただけだった。もちろん何の効果もなかった。

それでも、五月病患者のほとんどは、環境に馴れるに従って、徐々に回復してゆくもので、それより深刻な病状——統合失調症など——を呈するようになるのは、ごく少数といわれている。

広介の場合は、五月どころか六月も過ぎようとしているのに、まだ蟻《あり》地獄の蟻のようにもがき苦しんでいた。

＊

そんなところに、まるで天使のように愛らしい少女が舞い降りてきた。

女のきょうだいがいなかったせいで、広介は女の子とつきあうのが苦手だった。何を話していいか分からないからだ。それなのに、知佳に対してはそういう苦手意識を自覚しなかった。

(不思議だなぁ。いつもは吃ったり、赤くなったりするのに……。まあ、子供だし、人なつっこくて、無邪気だからかな)

広介は、不思議な胸のときめきを感じていた。その感情は初恋に似ている。

特に、少女の背後に立ってワープロを教えていた時など、緩やかな綿のシャツにできた隙《すき》間《ま》から少女の胸が覗けた。

十歳だからまだブラジャーはつけていないが、想像していたように胸は平たくなかった。

(へぇ、もうおっぱいが膨らみだしてるのか……)

乳首までは見えなかったものの、その二つの隆起は、広介を驚かせた。

（そういえば、あの時、ペニスが……）

広介は、確かに勃起したのだ。しかし、無邪気であどけない少女に対して欲望を覚えたという自覚は、罪悪感をもたらす。広介はあわててそのことを頭から払いのけた。だが、知佳という客が彼に生気をもたらしてくれたのは事実だ。

（あの子、本当にまた来てくれるといいけど……）

そう思いながら部屋を見渡し、あわてて跳ね起きた。

（こりゃいかん。掃除しなくちゃ！）

散らかり放題の汚い部屋を見て、知佳はよくイヤな顔をしなかったものだ。体からだって饐《す》えたような臭いがしているに違いない。それまでの体のだるさを忘れたかのように、広介は部屋の掃除にとりかかった。

＊

次の日、知佳は三時すぎに広介の部屋を訪ねてきた。今度は約束どおりドアからだ。

「お兄ちゃん、こんにちは。ワープロの勉強にきたよ」

ギンガムチェックのワンピースを着ているので、昨日よりお嬢さんっぽく見える。

「やあ、よく来たね」

広介はいそいそと、小さな客人を招きいれた。今日の彼は、パジャマではなくTシャツにジーンズという恰好だ。ちゃんと風呂にも入り、体も綺麗《きれい》にしている。

知佳は利発だった。ワープロの操作法も、キーボードの配列もすぐに覚えてしまった。

「すごいね、知佳ちゃん。頭いいんだなぁ。それに器用だよ。将来、いいお嫁さんになるぞ」

広介がそう言って褒めてやると、嬉しそうに前歯を見せてニッと笑ってみせる。

ワープロの練習に飽きると、広介が買ってきておいたアイスクリームを食べながらおしゃべりだ。彼女は椅子に坐り、広介は畳の上に胡坐《あぐら》をかいた。

おしゃべりしているうちに、

（あれっ⁉）

知佳はまだ、男性の目を意識するような年齢ではないから、両足を拡《ひろ》げるようにしてブラブラさせている。広介の目は、ちょうど少女のスカートの奥を覗く高さだった。

太腿《ふともも》はわりとむっちりして、その付け根に白い下着が食いこんでいるのが見える。何の飾りもないシンプルな木綿のパンティだ。

（ばか、下品だぞ）

こっそり少女のスカートの奥に視線を走らせる自分を自分で制するのだが、その眺めはなんとも魅惑的で、どうしても目を離すことができない。

知佳は身振り手振りを交えてしゃべるから股も開いたり閉じたりする。大きく開くと、パンティの股の部分にくっきり走る縦の皺《しわ》まで見える。幼い性器の谷間に薄い布が食い込んでいるのだ。気のせいか、その部分が黄ばんで見える。

(いけない。立ってきた……!)

ズウーンという衝撃が股間を襲った。ジーンズの下で、ペニスがムクムクと鎌首を擡《もた》げてきた。

広介は狼狽《ろうばい》して赤くなり、言葉を途切れさせてしまった。彼は勃起を隠すために胡坐を組むのをやめ、膝《ひざ》をかかえる姿勢になった。あわてて話題を探した。

「……あの、知佳ちゃんさぁ。前、この部屋にいた学生だっていう人、いったいどんな人だったの?」

「そうねぇ……、お兄ちゃんとよく似てた。痩《や》せてて背が高くて……。本はお兄ちゃんよりいっぱい持ってた。いつも遅くまで起きて勉強してたみたい」

その学生は、今年の春、卒業して就職したので、このアパートを出ていったようだ。

「そのお兄ちゃんと、どんな遊びをしたの?」

そう質問すると、十歳になる少女は、突然、はにかむような表情を浮かべてクスッと笑った。あいかわらず股を拡げたままで、スカートの奥に見える下着を隠す様子はない。

「うん、あのね……。ボッキーくん」

「ボッキーくん？　何、それ？」

「ふふっ、知りたい？」

焦らすような表情。まだ十歳なのに、そういう時の知佳は、驚くほどコケティッシュに見える。

「知りたいな。教えてよ」

「じゃ、教えてあげる。こういうの」

知佳はいきなり椅子を降り、広介の傍《そば》に横坐りになった。ツイと手を伸ばし、年上の若者の股間に触ってきた。

「あっ」

広介は仰天した。無邪気な天使のような少女が、まさかそんな大胆なことをするとは夢にも思わなかったからだ。しかも触れるだけでなく、最前から充血している器官を、ジーンズの上から握りしめるようにする。

「ふふっ、もう大きくなってるね、お兄ちゃん……」

知佳は彼の動転した様子を見ながら、嬉しそうな表情になった。その目つきが、まるで少女のものとは思えないほど色っぽい。

「これがボッキーくんよ。前のお兄ちゃんが教えてくれたの」

握った掌《てのひら》に力をこめ、それから抜く。ニギニギする動作は広介の分身を刺激せずにはおかない。下着とジーンズに圧迫されている器官は痛いほど膨張してきた。

「こうされると、気持いいんでしょう?」

無邪気な口調で言う。広介はびっくりして言葉もない。

(この子がこんなことをするなんて……)

どうやら、彼の前に住んでいた学生は、無邪気な少女に欲望を抱いて、性的な遊戯に誘ったらしい。どうせ引っ越す身だからと思って、あとのことは構わずに彼女を悪戯《いたずら》したのかもしれない。

(ひどいやつだ……)

そう思って一瞬憤慨したものの、広介は股間をまさぐる知佳の手をはねのけることが出来なかった。それは間違いなく快美な感覚を与えてくれる。しかも、セックスのことなど無縁なはずのいたいけない少女が行なうことが、余計に刺激的だ。

「ち、知佳ちゃんは、そのお兄ちゃんと、他にどんなことをしたの?」

「こういうのも、したわ」

知佳の手が若者のジーンズのジッパーをつまみ、引きおろした。

「えっ？」

広介はまた狼狽した。

「動かないで」

命令するような言葉と共に、広介のブリーフの前合わせに指がすべりこみ、怒張している男の器官を直接に摑《つか》み、引きだそうとする。柔らかく温かい少女の手指の感触。

「あっ」

広介は呻《うめ》いた。びくンと腰をひいたが、それでも知佳の動きを止められない。彼の上半身からは力が抜け、畳の上に仰向けになってしまった。

「これ、ミルキーくんというの。最後にミルクが出るまでこするのよ」

知佳は囁《ささや》くように言い、若者の勃起しきった肉茎を引き出してしまった。

「わ、前のお兄ちゃんのより、ずっと大きい……」

目を丸くさせて嬉しそうな声。

「すっごく硬い……」

柔らかい手指が、血管を浮き彫りにして脈動する肉の茎をしごくようにする。その動きは、この部屋の前の住人によってよく教えこまれたらしく、なめらかでぎこちなさがない。尿道口からはたちまち透明なカウパー腺液がヌルヌルと滲《にじ》み出てきた。広介は圧倒されっぱなしだ。

「ああ、あ……」

彼は呻き声を洩《も》らした。腰が無意識のうちに蠢動《しゅんどう》する。彼の全身はいまや少女の手によって完全に支配された。

(なんて気持がいいんだ)

広介はまだ女の子の手さえ握ったことがない、まっさらな童貞だ。風俗の店を訪ねたこともない。それがいま、可愛らしい小学四年生の少女にペニスを弄《いじ》られ、えもいわれぬ快美感覚に圧倒されている。少女に嬲《なぶ》られるという状況が、彼を激しく昂奮させたのは確かだ。

(これは、夢ではないのか……)

まさに白日夢としか思えない行為が続いてゆく。

「お兄ちゃん、気持いい?」

知佳は、両手で屹立《きつりつ》した男性器官を捧げもつようにして、リズミカルな動きで揉《も》みしだき、しごきあげながら、熱っぽい声で訊く。

「ああ、気持いいよ、知佳ちゃん……」

広介の声は昂《たかぶ》りのためにうわずっている。

「出そう？　ミルク」

この少女は精液のことを一種のミルクだと教えられているのだろうか。

「知ってるの？」

「うん。だんだん気持がよくなっていって、一番最後に出るんでしょう？」

「そうだよ」

「前のお兄ちゃんは、時々自分でいじって出すけど、知佳に出してもらうのが一番気持いいって言ってた」

「お兄ちゃんも、そうだよ」

「じゃ、出させてあげる」

「ああ。もう少しで出そうだよ」

「見たいわ。お兄ちゃんがミルク出すところ」

少女の手がリズムの速度をあげた。

「あ、うっ……！」

広介は呻き、目を閉じた。ズキン、という強烈な衝撃が腰骨を打ち叩き、目の眩《くら》むような快感が全身を走った。ぶるぶると下肢を打ちふるわせ、牡《おす》のエキスをドクドクと噴きあげた。

「わっ、出た」

嬉しそうな声を張り上げ、屹立したペニスが吐き出す白濁したねばっこい液を掌で受け止めるようにする知佳。

若い牡器官は断続的に収縮運動を続けて少女の手指を汚した。知佳は慣れた様子で、牝牛の乳首からミルクを絞り出すような動作を続けた。

「あ、はあーっ」

とうとう最後の一滴まで絞りとられ、広介はぐったりとなった。

3

(汚れを知らない少女に、おれはいったい何てことをさせてしまったんだろう……)

快美な感覚が去った後、広介を襲ったのは罪悪感の疼《うず》きだった。

しかし、知佳のほうはあいかわらず天真爛漫《らんまん》だ。

「わあ、懐かしい匂い」

べっとり掌を汚した精液に、ツンと上向きの可愛い鼻を近づけ、栗の花に似た青臭い匂いを胸いっぱいに吸い込むようにする。

力を失なって縮んでゆく若者のペニスを、知佳はティッシュペーパーでかいがいしく拭《ぬぐ》い清めてくれた。その頰《ほお》は紅潮し、目は発熱した子供のそれのように潤んだ光を宿している。彼の体の上におおいかぶさるようにした肉体から、あの乳臭いような甘酸っぱいような肌の香りがして、広介の鼻腔を刺激する。

「…………」

無意識のうちに彼の手が伸びて、うぶ毛の残る両頰を挟んだ。

「知佳ちゃん」

かすれたような声で言い、自分のほうに引きよせた。何をされるか察知したに違いないが、少女の肉体に抵抗の気配はなかった。温かく柔らかい体が仰向けの広介の上に重みをかけてくる。少女は瞼《まぶた》を閉じた。

桃色の唇はマシュマロのように柔らかかった。その唇に唇を押しつけ、広介は夢中になって吸った。彼にしても初めてのキスだ。

驚いたことに、知佳のほうが舌をチロッとすべりこませてきた。それも前の住人が教えこんだに違いない。

濡れた舌が彼の口腔の中でチロチロと遊ぶ。広介は迎えうった。舌に舌をからませるようにする。今度は自分から少女の口の中へすべりこませる。少女の唾液は、嘘みたいに甘かった。たちまち広介は陶然となった。萎《な》えたペニスに力が甦《よみがえ》る。

「ね、お兄ちゃん……」

呼吸をするために唇を離した時、甘える声で知佳が囁いた。

「なに?」

「知佳に、別の遊びしてくれる?」

「どんな?」

「タッチーちゃんていうんだけど」

広介はすぐに理解した。知佳の前の遊び相手は、相互愛撫《あいぶ》という形で少女と性的な遊戯を楽しんだのだ。

「こうやって……」

彼女の体は広介の左側に倒れこんだようになって、ワンピースの裾《すそ》がめくれて、驚くほどムチッという感じの太腿が露《あら》わになっていた。知佳はずっと年上の若者の右手をとり、自分の腿のつけ根に導いた。広介の喉からうわずった声が絞り出された。

「知佳ちゃん……」

「ここを撫《な》でて」

十歳の少女は、薄く柔らかいコットンの布の上から、自分の幼い秘部に触れさせた。

「こうかい?」

「うん」

「…………」

広介がパンティのクロッチの部分、亀裂に食いこんでいる皺に沿って撫でこすると、

「はあっ」

少女は目を閉じて熱い吐息を洩らした。睫《まつげ》が顫《ふる》える。腰がくねる。

「うー……ン」

仰臥《ぎようが》した年上の若者の胸に顔を押しつけ、しがみつくようにする。

（へぇ、感じているんだ……）

女体に触ったことがなかった広介は、不思議な感動を覚えた。

ワンピースの裾を腰の上まですっかり捲《まく》りあげる。切れ長の可憐なお臍《へそ》が見えるセミ・ビキニのパンティを穿《は》いていた。その部分は温かく湿っている。汗ばんだ肌の匂いが刺激的だ。

（どうなっているんだろう、ここは……？）

童貞の少年は激しい好奇心につきあげられるようにして、パンティのゴムに手をかけた。

「知佳ちゃん、お兄ちゃんに見せてくれない？　ここ……」

すると、知佳は目をパッチリ開けた。

「いいけど、痛いこと、しないでね。前のお兄ちゃんに、指を入れられたんだもの」

「そんなことしないから、大丈夫」

「だったら、いいわ」

広介は知佳を仰向けにして、パンティを脱がした。美少女はお尻を浮かせるようにして協力する。

まだ黒いものがない、うぶ毛だけがそよぐなめらかな丘があった。まるで少女の引き結んだ口のように、桃色の肌にくっきり亀裂が走っている。顔を近づけるとほのかにおしっこの匂いがするが、いたって清潔な眺めだ。

「見るだけだからね」

安心させて、指で割れ目をひろげてみる。

知佳はお医者さんごっこをしてるつもりなのか、全身の力を抜いたように仰臥している。瞼は眠いときのように半分閉じている。そうやって自分の秘密の部分を見られることに抵抗はなさそうだ。

「きれいだ」

思わず声にしてしまったほど、その部分の眺めは鮮烈だった。貝殻の内側のような淡い桃色の粘膜が濡れてきらめいている。小陰唇はまだ蕾《つぼみ》の花弁のように亀裂の内側に折りたたまれていて、ほとんど色づいていない。

もっと押し広げると、処女膜と思われる円形の粘膜が盛り上がっていて、そこは珊瑚《さんご》というか、サーモンピンクの肉色だ。中心には通路が開いているが、とても指を入れられるような広さではない。ツンと、酸っぱいような匂いが鼻を衝《つ》いた。牡の官能を刺激する成分が含まれていたに違いない。

「………」

自分が何をしているか、ほとんど意識しないまま、広介は少女の股間に顔を埋めた。酸っぱい匂いのする中心に舌を突き出して、濡れた粘膜を舐《な》めてやる。

「あっ、お兄ちゃん……。やあン」

美少女はムチムチした腿肉で若者の頬をはさみつけた。甘い悲鳴があがる。

4

広介が知佳の母親に初めて会ったのは、それから三日後のことだった。

大学で講義を受けてきた帰りである。

驚いたことに、知佳と秘密の遊びを行なったとたんに、彼を苦しめてきた五月病は、嘘のように消滅した。次の日から大学に顔を出したのだが、以前のように他人と顔を合わせたり口をきいたりすることで赤面することも、怯《おび》えたりすることもなかった。

（なんだ……。誰もおれのことなど、気にも留めてないじゃないか……）

今まであんなに他者を恐れたのがバカみたいだ。

（知佳ちゃんのおかげだ）

いたいけない美少女のことを思うと、歩きながら勃起してしまう。帰ったら、彼女がまた遊びに来てるのではないかと思って、つい足取りが軽くなる。

アパートの近くで、バッタリ知佳と出会った。びっくりするような美貌の女性と連れ立って、隣のアパートから出てきたのだ。

「あっ、広介お兄ちゃんだ」

知佳が彼を呼びとめ、連れの女性に言った。

「ママ。お隣の広介お兄ちゃんよ。ほら、こないだからワープロ教えてくれる……」

では、この女性が知佳の母親なのだ。だとしたら三十代の半ばなのだろうが、まるで二十代に見える。

（すごい美人だ……！）

広介は呆然《ぼうぜん》と立ちすくんだ。

肌は白く、体格がよい。鼻筋がとおり、涼やかな目許《めもと》が印象的だ。ルージュをひいた唇から顎《あご》にかけての線が意志の強さを顕《あらわ》している。髪は短く、両サイドで撫でつけたようになっていて、ひと言で言えば宝塚の男役めいた雰囲気だ。

母と娘はよそゆきの服を着ていた。美女の体からは官能的な香水の香りが漂ってきた。

「まあ、そうですか。私、知佳の母親の河野由紀と申します。このいたずら娘がご迷惑をおかけして申し訳ありません。勉強のお邪魔にならなければいいんですけど……」

「は、いえ、そんな……。あの、ボク山本広介です」

広介は真っ赤になり、口の中でモゴモゴ言った。これまで三回、知佳と性的な遊戯を繰り返している。「ママには絶対内緒だよ。このことはお兄ちゃんと知佳ちゃんの二人の秘密なんだから……」と、念を押して帰らせているから、由紀がそのことを知っているとは思えないが、どうしても罪の意識を感じてしまう。

だが、知佳の母親も子供以上にあっけらかんとした態度だった。

「私が、もっと傍にいてやれたらいいのですが、なにぶん、夜のお勤めなものですから、日曜ぐらいしか一緒に過ごせなくて……。兄弟もいませんし、まったくの鍵っ子なんですの。山本さんにワープロを教わってから、知佳ったら、もう嬉しくてたまらないみたいですわ。本当にありがとうございます」

「はあ……、いや、そんな……」

今日は級友の誕生パーティに呼ばれているのだ。母親はその家まで知佳を送って、その足で「お店」に出ると言った。

(へぇ、このママさん、ホステスか何か、水商売の人なんだ。道理でお化粧もスタイルも妖《よう》艶《えん》なわけだ)

別れぎわ、知佳は気を呑まれて立ちすくんでいる年上の友人に言った。

「今夜、遊びに行ってもいいでしょう?」

*

知佳が広介の部屋にやってきたのは、八時を過ぎてからだった。バースデーケーキの残りを貰《もら》ってきたから一緒に食べようという。母親が店に出ているので、夜は、知佳は一人ぼっちだ。遊び相手、話し相手がほしいわけだ。

ケーキを食べながら、広介は知佳からもっとくわしく母親のことを聞き出した。

——河野由紀は、北海道の開拓村に生まれたらしい。冷害続きで家は農業を捨て上京した。由紀はタレントになろうと思って演劇学校のようなところに入ったが、夢を実現するより先に、女たらしで有名な、売れない作詞家にひっかかってしまった。

結婚して知佳を産んだとたん、その男は由紀も娘も捨てて家を出ていった。それ以来、由紀は新宿のクラブに勤めながら女手ひとつで知佳を育ててきたのだという。

「ふうん……」

「ね、お兄ちゃん。ボッキーくん」

知佳がしがみついてきた。ジョギングパンツの上から股間をタッチされる。

（この子、親の淫蕩《いんとう》な血を引き継いだのか）

そう思いながら、温かくて甘酸っぱい匂いのする体を抱きしめてしまう広介だ。

仰向けになった大学生の下半身を剝《む》きだしにした知佳は、屹立している器官を撫でまわしながら、ふいに質問した。

「ね。これを舐められたこと、ある？」

「えっ⁉　どうしてそんなこと訊くの？」

まさか少女がフェラチオをしてくれるとは思わなかった。彼女をさんざん玩《もてあそ》んだ、この部屋の前の住人も、そういうとこまではやらなかったはずだ。

「だって、この前、ママがね……」

「知佳ちゃんのママが⁉」

広介は思わず身を起こした。

——昨夜のことだ。アパートの前で車が停《と》まる音がしたので、知佳は目を覚ました。時刻は午前一時を回っていた。母親が帰ってきたのだと思ったが、いっこうに部屋に上がってこない。

（どうしたのかしら……？）

少女は通りに面した寝室の窓から外を見下ろした。母親はいつも、実業家らしい恰幅《かっぷく》のよい男が運転する白いセレステに送られてくることが多かった。案の定、その車が駐《と》まっていた。

知佳が見下ろしているのを知らず、運転してきた中年男と由紀は、アパートの玄関の前で抱き合ってキスを交わしている。それもいつものことで、格別、知佳が驚くことではなかった。

「だけど、男の人がね、ママを離さないで、しつこく何か言ってるの。ママ、最初は首を振って断っていたんだけど……」

とうとうしつこさに負けたか「仕方ないわねぇ……」と母親が答えるのを、娘は聞いたという。

二人は車から離れ、アパートの横の露地に入っていった。隣は食品加工の工場で、夜は誰もいない。通りからは見えないところで、塀に凭《もた》れかかるようにした男の前に、美貌のクラブ・ホステスは身を屈めた。まさか頭の上から自分の娘が好奇心に目を輝かせて見守っているとも知らず。

「それで、ママがね、そのおじさんのオチンチンをとりだしたの。知佳、ママがミルキーくんをしてあげるのかと思ってたら、お口で舐めたりしゃぶったりしだしたの」

「…………」

気品さえ感じさせる一児の母、河野由紀が、屋外で馴染《なじ》み客――あるいはパトロンかもしれない――に対してフェラチオ行為を展開した光景を想像し、広介は血が沸騰するような昂奮を覚えた。

知佳によれば、その中年男は五分ほどで精液を由紀の口の中に放ったという。どうやら彼女はそれを嚥《の》み下したらしい。

「ふうん……。で、知佳ちゃんは、ママがやったのと同じことをしてみたいわけ？　汚いって思わない？」

「だって、ママは汚いなんて感じていなかったみたいよ」

知佳のほうが新発見の性的遊戯を実地に試したがっている。広介はドキドキしながら提案した。

「じゃ、一緒にお風呂に入ろう。きれいに洗ってからだったら、知佳ちゃんに舐めてもらってもいい」

「うん」

二人は真っ裸になって狭いユニットバスに入った。知佳は浴槽の中に尻をつけるようにして坐り、立ちはだかった広介の股間に石鹸の泡をなすりつけて睾丸から肛門にかけてまできれいに洗ってくれた。広介の勃起は、もう下腹を叩かんばかりの勢いだ。

「きゃっ、バネみたい。ほら」

下向きに押さえて手を離し、怒張した肉茎がぶるんと跳ねるのを眺めて無邪気に笑う少女である。

「さあ、知佳ちゃん……」

シャワーの湯で泡を流し終えると、広介は下肢を広げるようにして立ち、ズキズキと脈打っている牡の器官に少女のふくよかな唇を誘った。

「うん……」

目を輝かせて、まるでアイスキャンデーでも食べるかのように唇をOの字形に開き、十歳の少女は十九歳の少年のペニスをくわえこんだ。

「うっ……」

敏感な先端部をチロチロと可憐な舌先が擽る。快美な電撃に打たれ、広介は知佳のおかっぱ頭を抱えこむようにして腰を打ち揺すり、悦楽の呻きを洩らした。

*

——知佳は、一時間ほどして帰っていった。

広介はぐったりと寝床に横たわり、悦楽遊戯の余韻を味わっていた。

（あの子、だんだん感じやすくなってきたようだ……）

広介が噴射させた白濁の液を、美少女は何の躊躇《ためら》いもなく飲みこんでしまった。味を訊くと、

「分かんない。塩《しょ》っぱいみたいな、苦いみたいな……。でも、温かかったよ」

まったく嫌悪を感じていない。あらためて少女の淫蕩さに感心してしまった広介だ。

今度はおかえしに、広介が知佳の股間に顔を埋めた。最初は探りあてるのが困難だった秘核も、そのうち、舌で舐めているうちにグングン大きくなるのが感じられ、溢《あふ》れてくる甘い液の量も多くなったようだ。

これまでの二回、美少女は特に絶頂感覚を味わうわけでもなく、ふいに「お兄ちゃん、もういい」と言って腰をひくだけだったのが、今日は積極的に下腹を広介の舌の動きにあわせて揺すりたて、最後に、

「お兄ちゃん、あっ、ああ……」

啜《すす》り泣くような声を洩らし、一瞬、ビクッと下肢を痙攣《けいれん》させた。明らかにオルガスムスを味わったのだ。

その時には、もう広介は再び回復していたから、今度は布団に横たわってもう一度、少女がフェラチオをした。途中で、知佳の裸身を仰向けにし、自分のを吸わせたまま彼女の股間に顔を埋めた。そうやって69の体位で相互吸舐《きゅうし》の愛戯に耽《ひた》り、再び美少女に精液を嚥下してもらった。

知佳もクンニリングスされる快感に身をまかせ、断続的に複数のオルガスムスを味わったようだ。部屋を出ていく時も、心なしか足元がおぼつかない様子だった——。

(だけど、こんなにエスカレートしてしまって、どうしたものだろう……。この調子だと行くところまで行ってしまうぞ)

罪悪感というより、危惧《きぐ》の念さえ覚えはじめた広介だ。十三歳以下の少女と性交したら、合意があっても強姦《ごうかん》とみなされる、と聞いたことがある。

(これ以上、エスカレートしないように気をつけなくっちゃ)

そんなことを思っているうち、さすがに二度の射精で疲れを覚えた広介は、トロトロと眠りこんだ……。

5

「山本さん、山本さん」

ひそやかな女の声で、ドアがノックされている。ハッと広介は目を覚ました。時計を見ると午前二時を過ぎている。

声に聞き覚えがあった。昼間に会ったばかりの知佳の母親——河野由紀に違いない。

（なんだろう……？）

悪い予感に怯えながらドアを開けると、薄紅色のガウンを纏《まと》った由紀が両腕を抱くように立っていて、広介の顔を見るときつい目で睨みつけた。濃い化粧は落としていない。すると、夜の勤めから帰ってきたばかりなのだろう。

「山本さん。夜遅く起こして悪いけど、ちょっとお話ししたいことがあるの。私のお部屋まで来てくださらない？」

有無を言わさない、凛《りん》とした声である。

「はあ……」

気を呑まれたようになって、広介はパジャマの上からトレーナーをかぶり、サンダルをつっかけて隣のアパートの二階、クラブホステスの母子が住んでいる部屋へと行った。特に何の用だとも言わなかったが、この母親の表情を見れば、自分と知佳の淫《みだ》らな遊びがバレてしまったのは確かだ。

(仕方がない。ただ謝るだけだ……)

悄然《しょうぜん》として由紀の後から彼女の部屋に入った途端、

「あっ」

広介は息を呑んだ。

入ってすぐの居間の真ん中に、知佳が真っ裸でいた。

居間の端のほうに、アパートの構造上必要らしい柱が立っているのだが、知佳はその柱に向かって立ち、紐《ひも》で手首、胴体、足をくくりつけられていた。むき卵のようにつややかだったお尻が、真っ赤に腫《は》れあがっていて、その傍《そば》にプラスチックの物差しが投げ捨てられている。

それで思いきり引っぱたかれたのだろう、筋状の打痕《だこん》が重なった部分は無残な紫色のアザになって、くりんと丸い臀丘《でんきゅう》を覆っているのが痛々しい。

「………」

知佳は母親と一緒に入ってきた広介を見てさすがに頬を赤く染め、顔をそむけるようにした。言葉を出せない。口に布きれを詰めこまれたうえ、スカーフで顔を下半分が隠れるように、厳重な猿ぐつわを噛《か》まされている。おそらく真夜中に娘を折檻《せっかん》しているのを隣近所に聞かれないためだろう。知佳の頰は涙でぐしょぐしょに濡れ汚れている。

（お母さんにこっぴどくお仕置きされたんだ……。それで、ぼくのこともすっかり白状して……）

広介の膝がどうしようもなくガクガクと震えた。

「こっちに来て」

母親にしては妖艶すぎる美女は、隣の部屋に大学生を連れこんだ。八畳ほどのカーペットを敷いた洋室で、中央にベッドが置かれている。周囲には洋服ダンスや大きな鏡が載った化粧台。むっとするような脂粉《しふん》の香り。艶《あで》やかな衣装がベッドの上に脱ぎ捨てられている。では、ここが由紀の寝室なのだ。

由紀は、荒々しくドアを閉めると、蛇に睨まれた蛙のようにすくみあがっている若者と向きあった。両手を腰のところにあてがって威嚇《いかく》するような姿勢から冷ややかな声を浴びせたのだ。

「私が帰ってきたら、驚いたことに知佳がオナニーしてたのよ。それも『お兄ちゃん、お兄ちゃん』て言いながら」

そこまで聴いて、広介は観念した。

(もうダメだ……)

「驚いたわ。誰かが教えたに違いないと思ったから、お仕置きして問いつめたの。そうしたら、あなたにいろんなことをされたって白状したわよ。これまでずいぶん娘をオモチャにしたみたいね。おまけに今夜は、フェラチオまでさせたというじゃない。うちの知佳はまだ十歳なのよ。どういうつもりなの!?」

広介は抗弁しようとしたが、口をつぐんだ。知佳のほうが積極的に誘ったのだと言い訳しても、信じてもらえるわけがない。

「さあ、何か言ったら？ それとも、一緒に警察に行きましょうか。大学に連絡する？ あなたのご両親にも教えなきゃね。息子さんは小学生の娘を悪戯して喜んでいる、とんでもないロリコンだって……」

「や、やめてください。謝ります。どんなことでもしますから、警察とか家とかに連絡するのだけはやめてください……!」

広介はガバと土下座した。このことが世間に知れたら、彼は永久に〝少女の敵〟という烙《らく》印《いん》を押されてしまう。

「お願いです、どんなことでもしてお詫びしますから……」

頭をカーペットに擦《こす》りつけた広介は、もう涙声だ。

「ふふ」

知佳の母親は嗤《わら》った。微笑が唇の端を歪《ゆが》めた。

「どんなことでもする？　その言葉に嘘はない？」

「は、はいっ」

「じゃ、私の言うとおりにしたら、考えてあげないでもないわ」

「ど、どんなことですか？」

希望がわいてきた。

「お仕置きよ。とにかく、知佳にいやらしいことをしたんだから、罰を受けてもらうわ」

「分かりました。それだけのことをしたんだから……」

この際、広介に拒否権などない。

「そう。殊勝なことを言うわね」

まだ三十代も半ばぐらいの女は、ニッと白い歯を見せて笑った。

「じゃ、真っ裸になりなさい。知佳と同じに、お尻を叩いてやる」

強い口調で美貌の母親は命令した。

「裸、ですか？」

「そうよ。イヤとは言わせないわ」

逡巡《しゅんじゅん》を許さぬ口調だ。見えない笞《むち》で叩かれたように、広介ははね起きて服を脱いだ。ブリーフも脱ぎ、由紀の目に青白い裸体を晒《さら》して絨毯《じゅうたん》の上に跪《ひざまず》いた。

「よし」

知佳の母親はスルリとガウンを脱ぎ捨てた。下はパールグレイのスリップ。素材は絹らしく、艶《つや》やかな輝きで豊満な肉体を包んでいる。おっぱいもヒップもよく張り出して、年増ざかりの女の魅力がムンムンと立ちのぼるようだ。広介は一瞬、自分の立場を忘れて、年増女の魅惑的なランジェリー姿に見惚れた。ペニスが勝手に膨らみだす。

「これでお仕置きよ」

彼女は黒革の女性用ベルトを手にした。

「さあ、お尻をぶってやる」

広介はよつん這《ば》いになるよう命じられた。持ち上げた臀部《でんぶ》に向かって黒く細い鰐革《わにがわ》が唸《うな》る。

バシッ！

「うっ！」

目の前に火花が飛ぶような激痛が走り、よつん這いの姿勢を保ったまま広介は呻いた。女性に鞭《むち》打たれるという屈辱感がそれに追い打ちをかけて身も心も引き裂く。

由紀はまったく手加減せずにベルトを揮《ふる》い、残酷な鞭打ちを浴びせ続けた。

「ああっ。痛い！　許して」

とうとう広介は悲痛な声で叫んだ。

「弱虫。これぐらいで泣き声をあげるなんて……。まだまだよっ」

美女はせせら笑い、全裸の若者に向かって即席の鞭を揮い続けて、青白い臀部を無残な蚯蚓《みみず》腫れで埋めてゆく。

「ああ、あっ。う、うわ……」

よつん這いになって鞭を受ける広介は、やがて苦痛の奥から甘美な快楽がわきあがってくるのを覚えた。男にとってこれ以上の屈辱はないという刑を受けながら、なぜか彼の肉茎はムクムクと力を漲《みなぎ》らせてきたのだ。

「おや、まあ。これはいったいどうしたこと。お仕置きされて、おまえのこいつは涎《よだれ》を垂らしてるじゃないの。変態！」

ベルトを投げ捨てた由紀は、素足で思いきり広介の下腹を蹴《け》りあげた。

「わっ」

予期していなかった攻撃を受け、ぶざまにひっくりかえり、仰向けになった。怒張しきってズキズキ疼くペニスが天を衝いて聳《そび》え立つ。

「さすが若いわね」

彼の裸体を眺める母親の目に、官能の炎が燃え立った。ベルトを投げ捨てるとスリップの裾から手を入れ、スルリとパンティを脱ぎおろした。スリップと共布の、レースで飾られた真珠色のフレアーパンティだ。見事な脚線の付け根に繁茂した黒い逆三角形が彼の目に飛びこんでくる。

「知佳にいやらしいことをするのは、あんたの体の中に悪魔がいるからよ。私がこれからその悪魔を追い出してやるわ。徹底的にね」

仰向けになったまま体をすくませている広介に跨《また》がってきた。熱を帯びた肉茎をグイと摑み、股間にあてがう。そこは夥《おびただ》しい蜜で濡れていた。

「あ、あっ……。久しぶりだわ、この硬さは……。ああ」

ズブリと彼の欲望器官を自分の肉へ埋めこんだ熟女は、熱い吐息をついた。うねうねと豊満なヒップが揺れる。ぐぐっと括約筋が締まった。

「あう」

年上の女に犯される若者の口からも、堪えきれぬ快楽の呻きが吐き出された。女性器官にペニスを包みこまれる感覚がどんなものか、ようやく広介は教えられたのだ。

「あ、あーっ。うむ……っ！」

そのあられもない声は、隣の居間で縛られたまま放置されている知佳の耳にも届いている に違いない。

ふいに広介の脳裏に閃《ひらめ》くものがあった。

(そうか……)

由紀は「久しぶりだわ、この硬さは」と言った。彼女の狙いは最初から彼のペニスにあったとすれば、広介の部屋の住人だった大学生というのも、やっぱり同じ目にあったのではないだろうか。

(だとすると……)

激しい快感の波が押し寄せて、たちまち初体験の若者は限界点に向かってまっすぐにのぼりつめてゆく。知佳との遊びで二度射精していなければ、アッという間に達してしまっただろう。

まるで乗馬をするような姿勢の年増美女は繋がったままスリップを脱ぎ、ブラジャーを外した。見事な乳房が重たげにユサユサと揺れるのを広介は見上げている。

(知佳はこのひとの餌《えさ》だったのか。ぼくは罠《わな》にかかった獲物だったのか……?)

由紀の膣《ちつ》は、さながら無数の腔腸《こうちょう》動物がひしめく洞穴のようだった。広介は締めつけられ、緩められ、吸い込まれ、押し出された。

（女の人のこれが、こんなにすごいものだとは……）

広介は驚嘆した。まもなく限界点を超えた。

「あ、ああっ。あーっ！」

大声で吠え、ドクドクッと激情を迸《ほとばし》らせた。ひとしきり俎《まないた》の上の活魚のようにびくびくと痙攣していた四肢が、やがてぐったりとなる。

「まだよ。朝まで許さないわ。キミは犯罪人なんだから、明日も、明後日もお仕置きを受けるのよ。そうしたら、まあ、時々は知佳と遊ぶのを許してあげないでもないわ」

勝ち誇ったように告げる由紀の声もうわずっている。その粘膜は、萎えようとする肉茎をなおも緊《きつ》く締めつける。

「どう？　なんとか言ってごらん」

まだ繋がったまま、妖艶美女は若者の頰桁《ほおげた》を小気味よく張りとばす。その衝撃は苦痛よりも快感の火花を散らし、萎えるべきはずのペニスはむくむくと力をとり戻した。

「はいっ」

童貞を奪われたばかりの広介は、自分でも驚くような大きな声で答えていた――。

姉弟ゲーム

1

杉野《すぎの》亮子《りょうこ》は、地下鉄の駅から歩いて数分、外壁の白タイルが瀟洒《しょうしゃ》に見える、賃貸のマンションに住んでいた。

（この部屋を訪ねるのも、これが最後だな）

打ち合わせたとおり夜の七時にチャイムを鳴らした夏木《なつき》洋太郎《ようたろう》は、やはりいささかの感慨を覚えないわけにはいかなかった。

洋太郎と亮子は、この一年、愛人とパトロンという関係を保ってきたのだが、三日後に迫った亮子の渡米で、その関係に終止符が打たれる。

私立大の英文学部に学んでいる亮子は、秋の新学期からアメリカ西海岸の大学に留学することになっているのだ。

亮子はすぐにドアを開けた。シャワーを浴びたらしく白いバスローブを羽織っていた。ナチュラルウェーブのロングヘアが、肩先あたりまで濡れている。みずみずしい肉体からは石鹸の香りが漂う。

「あがって」

緊張しているのか、どことなくぶっきらぼうな口調で、口数が少ない。ふたりはダイニングキッチンのテーブルを挟んで向かいあった。洋太郎はギリギリの土壇場になって、彼女が計画をとりやめにするのではないかと気がかりだった。

「さっき睦男《むつお》が、上野から電話してきたの。三十分ほど遅れると言ってたから、まだ一時間はあるわ」

睦男とは亮子の弟で、高校三年生だ。彼女の実家がある新潟県N市から、渡米する姉を見送るために今夜、上京してくる。

亮子はパック入りのウーロン茶をコップに注いだ。洋太郎はそれを啜《すす》りながら部屋のなかを眺めまわした。

亮子は、向こうでは大学の寮に入ることになっていて、必要なものはすでに送ってある。残ったベッドや家具、冷蔵庫などは友人が預かってくれることになっていて、その他のこまごましたものは幾つもの段ボールに詰めこまれて部屋の隅に重ねられていた。主《あるじ》が引っ越してゆく部屋は殺風景だ。ついこのあいだまで、いかにも若い娘が暮らす部屋らしい艶《つや》っぽい雰囲気に満ちていたのに。

「これ、今夜の分の前金」

洋太郎は脱いだ背広の内ポケットから封筒をとりだし、テーブルの上においた。亮子は二十五枚の一万円札を数えた。計画がうまくゆけば、明日また、彼女は同じ金額を手に入れることができる。

「うまくゆくかどうか、自信ないわよ。あの子、ノッてこないかもしれないし……。強姦《ごうかん》するわけにもいかないでしょう？」

亮子が、曖昧《あいまい》な口ぶりで呟《つぶや》いた。ここまできて弱気になられては困る。洋太郎はできるだけもの静かに説得した。

「まあ、やるだけやってみてくれよ。失敗しても前金は亮子のものだけど、成功報酬で車が買えれば、向こうでより快適な生活が送れるわけだからね」

「そうね……」

「そもそも車が欲しい、って言いだしたのはきみなんだから……。海外免許証は？」

「うん、昨日もらってきた。だけど、向こうでちゃんとした免許をとるつもり。簡単にとれるというから」

「そうか。そのほうがいい」

洋太郎は煙草を吸いたくなったが、我慢した。亮子は煙草を吸わない。弟が来た時に、煙草の匂いがしたら不思議に思うだろう。

「準備は出来てるの？」

「うん。押入れの中、片づけておいたわ」

「じゃ、見ておこうか」

二人は寝室に入った。六畳ほどのカーペットを敷きこんだ洋間だ。部屋を飾っていたいろいろなものはとり片づけられて、今はベッドとタンスだけが家具らしい家具だ。

亮子は、ベッドとは反対側にある押入の扉を開けた。

「ほら」

ごく一般的な、間口も奥行きも半間《げん》、上下二段の押入れだ。中には段ボール類が詰めこまれているが、上側の半分だけは人間が一人入れるぐらいの空間が設けられている。そこに坐る人間のことを考えて座ぶとんまで用意されていた。

「どれ」

洋太郎はその空間にもぐりこんでみた。空気は埃《ほこり》っぽく黴《かび》くさい。

「閉めてみて」

「はい」

真っ暗になった。洋太郎は内側からそうっと扉を開けてみた。音はしない。隙間《すきま》から室内を覗《のぞ》いてみる。正面に亮子のベッドと、羽毛のかけ布団が見えた。

「よし……」

洋太郎は外に出た。窮屈といえば窮屈だが、ひと晩じゅう入っているわけではない。途中で亮子が脱出させてくれる手筈《てはず》になっている。

「絶対、物音を立てないでよ。気づかれたら私、窓から飛び出して死んじゃうから……」

亮子が真剣な顔をして言う。

「それは大丈夫だ」

またダイニングキッチンに戻って向かいあった。

バスローブを纏《まと》った肉体から健康な、艶やかな肌がのぞく。この一年で、亮子は見ちがえるほど魅力的になった。洋太郎は濡れた髪の匂いに欲情した。時計を見た。まだ三十分以上ある。腕を伸ばし、若い娘のしなやかな体を抱く。

「なあ……」

「だって、そんなに時間がないわよ」

「口でいいから」

「そんなに……？」

「うん。出しておけば余裕が違う。押入れの中であんまりカッカしすぎてもまずい」

「じゃ……」

二十歳の娘はダイニングキッチンの床に膝《ひざ》をついた。椅子に坐ったままのパトロンのベルトに手をかけて緩め、ファスナーをひきおろした。

「ほんとだ、こんなになって……」

ブリーフから四十男のペニスを摑《つか》みだし、感心した声を出した。

「きみたちのこれからすることを考えるだけで、もう昂奮してる」

桃色のマニキュアをした指が、血管を浮き彫りにしている肉茎を愛撫《あいぶ》し、しごくようにすると、亀頭は赤紫色に充血して尿道口から透明な液が浸出する。

「もう涎《よだれ》を流して待ってるわ……」

「早く満足させてくれよ」

「…………」

ふっくらした唇がOの字に開かれ、両手で捧げ持つようにした猛々《たけだけ》しい牡《おす》の器官をくわえこむ。

「む……」

洋太郎は呻《うめ》き、椅子の背もたれに体重をかけた。若い娘を跪《ひざまず》かせた体位でフェラチオをしてもらうとサディスティックな気分になってくる。相手が気品さえ感じさせる、いかにも清純そうな女子大生だけになおさらだ。

彼は亮子の艶やかな黒髪を摑み、自分の下腹に押しつけるようにし、腰を突きあげた。

「く……」

喉奥まで怒張した肉器官で侵略された娘は苦しげな表情になったが、すぐに舌で迎撃にかかった。

（初めてフェラチオをさせた頃に比べたら、格段にうまくなった。よくぞここまで上達させたものだ……）

洋太郎は感慨を覚えた。亮子は男のふくろも柔らかく揉《も》みしだき、いったん口を離してそこに熱い息を吹きかけたかと思うと、うんと大きく口を開けて頰張《ほおば》るようにする。

（ここまで仕込んだのに……）

濃厚な舌技を享受しながら、洋太郎はやはり未練がましい気持にとらわれた。

「あう」

五分もしないうちに絶頂した。ドクドクっと精液を亮子の口の中に迸《ほとばし》らせた。女子大生はいつもどおり、ねばっこい牡のエキスを、喉を鳴らすようにして呑みこんだ。

「早かったわ。やっぱり昂奮してたのね」

洗面所から戻ってきた亮子が、軽く洋太郎の頰に口づけして言った。

――やがて、睦男がやってくる時間がきた。

「そろそろ入ったほうがいいわ」

亮子が催促した。一度落とした口紅は元どおりになっている。

「ああ。おれの靴、隠しといてくれよ」

「分かった」

洋太郎は奥の部屋に行き、再び押入れに入った。亮子がキチンと扉を閉める。いざというときまで隙間を開けない約束だ。キッチンから水音がした。パトロンがウーロン茶を飲んでいたコップを洗っているのだ。彼女の弟がやってきた時、この部屋に他人のいる気配が毛すじほども残っていてはいけない。

膝小僧を抱きながら、その時が来るのをジッと待つ。子供の頃、悪戯《いたずら》がすぎて親に叱られ、押入れに閉じこめられたことを思いだす。母親は息子が怖がって泣きだし、謝るだろうと思っていたのだろうが、空想好きな息子はかえって異次元空間に飛びこんだような気になってさまざまな妄想を楽しみ、彼女を拍子抜けさせたものだ。

（それにしても、おれも物好きな……）

ごく細い隙間から寝室の明かりがさしこんでくるが、押入れの中では自分の鼻の先もさだかではない。その闇の中で、洋太郎はただひたすら待つだけだ。その間にも、亮子と出会った時からのことが走馬灯のように脳裏をかけめぐる。

2

夏木洋太郎は三十九歳。放送作家だ。

けっこう視聴率のよかった警察ドラマなども手がけ、この世界ではそこそこに名が売れている。収入の不安定な職業だが、八王子のほうに親が遺してくれた家作《かさく》があり、そのおかげで食うには困らない。

目黒に一戸建ての家を買って住み、四谷のワンルーム・マンションを仕事用に借りて、中古ながらＢＭＷで往復している。同年代のサラリーマンと比べれば、やはり優雅な生活といえるだろう。

杉野亮子と出会ったのは去年の春。ある番組に使う英文の資料を翻訳してもらうため、番組スタッフに紹介されたのだ。

彼女は手際よく仕事をこなしてくれた。

仕事が終わったあと、洋太郎は亮子を食事に誘った。翻訳の謝礼はテレビ局から支払われていた。うら若い女子学生に対して個人的な下心がなかったと言えば嘘になる。

その席で、まるで彼の助平心を読んだかのように、亮子は単刀直入に切りだしてきた。

「夏木さん、私のスポンサーになってくれませんか?」

洋太郎は耳を疑った。亮子には遊び好きでチャラチャラした女子大生のイメージはなく、いかにも地方出身の良家の娘——といった、控え目で物静かな態度の娘だったからだ。

「スポンサーって……、愛人契約みたいなこと?」

「ええ」

「驚いたな。どういう事情があるの?」

洋太郎は食後の濃いコーヒーを啜りながら興奮を隠して訊いた。

「お金が必要なんです」

「遊ぶお金?」

「いいえ」

亮子の目は真剣だった。

「留学する資金にしたいんです」

彼女の実家は、新潟県でも有数の金属食器メーカーの下請け工場を経営している。昨今の急激な円高ドル安の影響で、親は資金繰りに追われているらしい。亮子は、来年の夏には留学する心づもりだったが、そういう状況になってきては、とても留学のための金を出してくれとは言いにくい。しかも、下には大学進学を控えた弟がいるのだ。

「そうか……。でも、君ぐらい頭がよければ奨学金がもらえるだろう?」

「ええ、でも、奨学金だけで全部まかなうわけにはゆかないので……」

「なるほど」

家庭教師などのアルバイトもしているが、それだけでは何ほどの金にもならない。かといって、風俗は問題外だ。そこで適当なパトロンを見つけ、援助をしてもらうのが最良の策だと思うようになった——という。

「そういえば、以前は仲介機関があったけど、最近は聞かないね。そういうのがあれば、ぼくよりずっといい相手が見つかるのに……」

冗談めかして言うと、

「でも、まったく見ず知らずの相手なんてイヤです。正直言って、夏木さんとお会いしてから、私、そんな考えをもつようになったの」

「え、どうして……?」

「まず第一に、そんなに悪い人じゃないってこと。第二に、お金に余裕がありそうに見えること。最後に、あまり遊んでないらしいこと。遊んでる人だったら悪い病気をうつされる心配があるでしょう? その点、夏木さんは大丈夫みたいだから」

「まいったな……」

亮子の率直な言葉に、洋太郎は苦笑した。亮子の言うとおり、彼は女遊びはほとんどしていない。

数年前、妻が最初の子供を妊娠していた時、ある番組のアシスタントをやっていた女性と二、三度浮気をしたのがバレた。その時、気の弱い洋太郎はグウの音《ね》も出ないほど妻にいためつけられた。それ以来、監視も厳しく、妻以外の女と接するのは、時たま番組の取材旅行のときにソープで遊ぶぐらいが関の山である。その監視も、最近はようやく薄らいできたようだが……。

（それにしても、最近の若い娘は平気で大胆なことを考え、実行に移すものだ……）

舌を巻きながら、洋太郎は訊いた。

「よし。事情は分かった。条件は？」

「そうですね……」

唇を嚙《か》むようにして考えこんだ娘は、しばらくして月に十五万円という金額を口にした。

洋太郎は控え目な値段だと思った。杉野亮子は誰もが目をみはるほどの美人というわけではない。しかし、涼しげな目もとが印象的な、まだ少女らしさが匂うような清楚《せいそ》な雰囲気の娘だ。処女だと言っても誰も疑わないだろう。とはいえ肉体はよく発達し、ヒップには女らしい量感が溢《あふ》れている。洋太郎は、彼女がいま穿《は》いているタイト・ミニのスカートに包まれた、豊かな肉づきを撫《な》でまわしたい欲望に駆られている。

月に十五万円という金額で、そのみずみずしい肉体を弄《もてあそ》ぶ権利が得られる。洋太郎はそれを考えただけで勃起した。

「で、月に何度ぐらい会ってくれるわけ？」

「そうですね……、毎週金曜日は授業が午前中だけなので、午後からなら体は空《あ》いてますが」

(週に一回か。逃すには惜しい話だな)

テレビ局の仕事以外にも、雑誌などに雑文を書いて原稿料が入る。二十万ぐらいまでなら、妻の目をごまかしてなんとかなるだろう。しかも、来年の夏までという期限つきの関係だ。後腐れもない。

「分かった。その条件できみの面倒をみてあげよう」

洋太郎は、自分より二十歳も若い娘の申し出を受けいれた。

＊

ホテルでデートし、初めて亮子の肉体を抱いたときの感激を、洋太郎は忘れることはできない。

雪国生まれの若い娘の肌は抜けるように白く、なめらかだった。高校時代まで新体操をやっていたというだけあって、いかにもレオタードの似合いそうなしなやかな肉体は、笞《むち》のようにしなり、弾力性にも富んでいて、洋太郎の体の下で淫《みだ》らにくねり悶《もだ》え、かぐわしい汗を噴き出させた。

外見は清純そうに見える亮子の肉体の奥には、驚くほど旺盛な性欲と、性への好奇心が隠されていて、それが洋太郎を狂喜させた。彼女は高校時代のボーイフレンドと二、三度セックスしたことがあって処女ではなかったが、性の快楽を貪《むさぼ》ることについてはまったく無知に近かった。それだけに、中年男が教えこむさまざまな性戯をまるでスポンジのように吸収した。

フェラチオを教えこむと、たちまち妻よりずっと巧みになった。洋太郎の妻がいやがる肛門周辺の接吻、愛撫もいやがらなかった。生理の日にデートしたのを機会に、アナル・セックスに誘ってみたが、亮子は「怖いわ」と脅えてみせたものの、コンドームを装着するという条件で彼を狭い門へ受け入れた。

終わったあとで、「どうだった」と訊くと、

「案外、よかったわ……」

ケロリとした表情で答えたものだ。

やがて、洋太郎は彼女のためにもっと広い、便利なアパートを借りてやることにした。毎回、デートのたびにホテル代を払うことを考えれば、気のきいたマンションを借りたほうが経済的でもある。おりから妻に内緒で買っていた株が値上がりして、百万円ちかい売却益をだしたので気も大きくなっていた。それで、この田園都市線の賃貸マンションを見つけてやったのだ。亮子は親には、引っ越しの理由を「一年留学することになった友人が部屋をあけるので、留守番として住む」とでも説明したようだ。

その部屋で会うようになってから、洋太郎の耽溺《たんでき》の度合いは激しくなった。

妻とは月に一度ぐらいの交渉しかもたなくなった男が、二十歳そこそこの女子大生とは週に一度会うたび、ひと晩に二度ならず三度まで挑むことも珍しくなかった。

亮子のほうは、パトロンである洋太郎が要求するさまざまなことに積極的に応えたが、中年男が若くみずみずしい肉にのめりこむほど惑溺はしなかった。ベッドでどんなに乱れても、彼女の心の芯では、決して色情では溶けることのない醒めたものがあるようだった。

(この娘、純情そうにみえて、しっかり自分の将来を計算している……)

自分は単に、アメリカ留学を実現させるための踏段の一つだと思われている。その割り切りかたが気楽だと言えば言えたが、生まれて初めて「愛人関係」というものをもった中年男の胸には、やはり何がしか、虚しい思いが吹き抜けた——。

＊

「おじさま。亮子にお餞別《せんべつ》だと思って、五十万円ください」

亮子がそんな言葉を口にしたのは、渡米の日程が本決まりになり、出発準備にかかりだした頃だ。

「五十万？　何に使うんだい」

「実は、向こうで車を買おうと思って……」

彼女が暮らすことになっている大学の寮と市街とは相当な距離があり、交通が不便だという。できれば中古でもいいから専用の車を持ったほうがいい——と、一年早く同じ大学に留学している友人が伝えてきたのだ。

「そうか。向こうじゃ車がないとどこにも行けないからなあ。だけど、五十万ぐらいで買えるのかい」

「大丈夫。今は円が高いし、その友達も少しお金を出すっていうから、二人で共有という形にするの」

「そうか……」

「最初っからそういう約束じゃないから、おじさまにお願いするのは心苦しいんだけれど、餞別がわりだと思って……。ね？」

「ふむ」

洋太郎はちょっと考えた。催促されなくとも、別れの時が来たら何がしかの金を餞別として渡そうとは思っていたのだが、

（それにしても、五十万とは……）

亮子はアメリカ行きの飛行機に乗ったその瞬間から、洋太郎のことなどきれいサッパリ忘れてしまうに違いない。そういう相手に、少ないとはいえない金を与えるのは、人のよさにつけこまれたようで、いまいましい気がしないでもない。

その時だ。洋太郎の脳裏に悪魔的なアイデアが閃《ひらめ》いたのは。

（そうだ。どうせ最後なら、あれをやらせて……）

しばらく思考をまとめてから、亮子の態度をうかがいつつ慎重にきりだした。

「よし、五十万あげよう。だけど、ぼくの希望をかなえてくれたら——という条件つきでね」

「条件？　どんな？」

「ほら、君の弟の睦男くん。見送りに上京するんだろう？　ちょうどいい機会だから、彼を男にしてあげたら？」

「え、睦男と？」

「そう。その様子をぼくに見せてくれたら、何も言わずに五十万あげる」

たちまち亮子の頬に赤みがさした。目がまん丸にみひらかれる。ふつうなら怒りだすところだが、彼女は考えこむ表情になった。

「うーん……。睦男とねぇ……」

＊

——去年の夏、亮子の弟、睦男が上京したことがある。

高校二年だった睦男はコミックとアニメのファンで、夏のコミケを見にきたのだという。

亮子は、三歳違いの弟と仲がよく、一週間ばかり自分の部屋に泊め、ディズニーランドや都内を案内して歩いた。おかげでその間、洋太郎は彼女を抱くことができなかった。

少年が帰ったあと、亮子は寝物語に、その一週間の間に、弟と近親相姦的な行為があったことを打ち明けて、洋太郎を驚かせた。

3

亮子の話によれば——

明日は弟が帰郷するという最後の夜、彼女は真夜中にふと目を覚ましたのだという。なにげなく傍らを見ると、ベッドの横に敷いた布団に、弟の姿がない。

（トイレかしら？）

そう思い、また眠ろうとしたが、ダイニングキッチンから妙な物音が聞こえてきて、

（え⁉）

亮子はドキッとした。

「はあ、はあ。うう……」

呻き声が洩《も》れてくる。何か苦しがっているようだ。完全に目が覚めた。

（あのお鮨《すし》がいけなかったのかしら）

前の晩は鮨をとって、二人でビールを呑んだ。虚弱体質だった睦男は、ちょっとしたことでおなかをこわしたり吐いたりする。姉は、てっきり、弟が鮨にあたって苦しんでいるのだと思った。はね起きてがらっと引き戸を開けた。

「あっ」

「わ」

姉弟は同時に、驚きの声をあげた――。

「びっくりしたわ。まさか、あんなことをしてるとは思わなかったんだもの……」

そのときのことを思い出して、亮子はうっすら頬を紅潮させた。そこまで聞いて、洋太郎はだいたい推察できた。

「オナニーしてたんだろう、睦男くんは」

「そうなの」

「だけど、彼も驚いたろうなあ」

「そりゃそうよ。泣きそうな顔になったもの。だってね……」

十七歳の少年は、立った状態でパジャマのズボンをひきおろし、陰毛のはえそろった股間から突きあげているペニスに、姉のパンティを巻きつけてしごきたてていたのだった。それも、洗濯機の中に入れておいた、汚れものを……。

「そうか……。わかるな」

「そうなの？」

「下着でオナニーするってこと？　そりゃそうさ。女の子のパンティって、たいてい薄くて柔らかくて肌ざわりがいい。しかも、汚れていれば肌の匂いがしみついてるわけだから、男の子にとっちゃ、ほとんど女体そのものに等しい。だからパンティ泥棒が絶えないんだよ」

実を言えば、洋太郎自身、少年の頃にやはり姉の下着を用いて自慰に耽《ふけ》った経験がある。

洋太郎の姉も、四歳年上だ。結婚して二児の母となり、今は九州にいるのだが。

「それから、どうしたの？」

「それがね……」

少し口ごもって、

「そこで戸をピシャッと閉めて引っ込んでしまったら、弟も傷つくでしょう？　だから、とにかく落ちつかせようとして、『いいのよ、いいの。誰でもすることなんだから……』って近よっちゃったのね」

呆然《ぼうぜん》としている少年の下腹がむきだしになって、勃起しているペニスの全容が姉の目に飛びこんできた。

「それが、おじさまみたいに赤黒くなくて、先っちょがまだピンクっぽいのよ。完全に皮が剝《む》けてないみたいで、そこが濡れてキラキラ光ってるの。形もおじさまと逆に、先っちょのほうに行くに従って細くなって、ロケットみたいで、それがぴくぴく震えているのね……。私も相当あがってたみたいで、それをみたら突然、くわえたくなって……」

「おいおい」

洋太郎は仰天した。

「フェラチオしちゃったのかよ⁉」

――一種の条件反射だったのだろう。というのも、当時、洋太郎は亮子と会うたび、繰り返しフェラチオを行なわせていたからだ。

特に、一度射出したあと、再び臨戦態勢にもちこむため、長時間にわたって彼女に技巧の限りを尽くしたフェラチオを行なわせるのが習慣になっていた。しかも、洋太郎は少しサディスティックな気分で、立ったり腰かけたりした状態で亮子を前にひざまずかせ、口唇奉仕を行なわせることを好んだ。玄関で、食卓で、浴室で……。ベッド以外の至るところで、亮子はパトロンの男根をくわえさせられていた。

立ったままパジャマのズボンと下着をひきおろし、ペニスをむきだしにしていた弟の姿勢に、亮子は反射的に洋太郎に奉仕しているのと同じ行為に突入してしまったのだ。

「あっ、姉さん……」

驚いたのは睦男だ。美しい姉が、こともあろうに自分の股間に顔を埋め、ペニスをくわえてきたのだから。

「やめて、だめ……。汚いよ……」

泣きそうな声をあげて姉をつきのけようとしたが、スッポンのようにしゃぶりついた姉が舌を巧みに動かすと、まるで感電したように全身をうち震わせ、たちまち快美の呻きを洩らし、腰を前後にゆすりたてだした。彼のペニスは熱い唾液をたっぷりたくわえたなめらかな口腔粘膜の摩擦を受けながらピストンのように抽送しだした……。

「あ、あうっ。ね、姉さん……っ！」

切ない声をはりあげ、彼がドバッとばかりに若い牡のエキスを噴射させたのは、それから一分もしないうちだった。

「私もくわえたあとで、『いけない！』って思っちゃったけど、もう仕方ないでしょう。目をつぶって、弟の昂奮を鎮めてやるんだ……って自分に言いきかせて、やっちゃったのね」

「飲んであげたかい？」

「うん。それも条件反射。おじさまのより苦いような感じで、液体っていうより、濃いヨーグルトみたいな舌ざわりだったわ」

「若いからな。濃くて粘りが強いんだ」

そう言いながら、洋太郎は激しい昂奮を覚えていた。その前に年下の娘の肉奥に射出していたにもかかわらず、彼の欲望器官は勢いよく膨張しはじめ、まさぐっていた亮子を驚かせた。

「いやだ、どうしてこんなに昂奮するの……？」

「そりゃ昂奮するさ。自分の弟にフェラチオしてやった姉の話なんて、ポルノでもあまりないからね……」

「うーん、それを言われると……。睦男に悪いことをしたかなあ……」

──余情の震えが去った後、姉は弟の分身を優しく拭《ぬぐ》ってやりながら訊いた。

「気持、よかった？」

「うん……」

含羞《がんしゅう》しながら弟はコックリ頷《うなず》いたという。

「弟は『ありがと』って言ってから、頭から毛布をかぶるようにして眠ってしまったわ。弟のほうは出しちゃったからいいけど、今度は私のほうがモヤモヤして……、毛布からはみ出てる弟の裸の足を眺めながら、こっそりオナニーしちゃった……」

その翌日、「昨夜のこと、あんまり気にしないでね」と、わざと明るく言ってやると、弟も無理につくったような明るい声で「うん」といい、二人はそのまま何事もなかったように別れた──。

だが、童貞の少年は、美しく、牝《めす》として魅力的に成熟した姉にフェラチオしてもらったことが忘れられなくなってしまった。

暮れに亮子が帰省すると、少年は夜更け、こっそり姉の寝床に忍んできて、夏にしてくれたのと同じ行為をねだった。姉は、まだ童貞のを捨てるチャンスに恵まれない弟に不憫《ふびん》なものも感じたりして、毎夜のようにフェラチオをしてやったという。

春休みには、さらにそれがエスカレートして、睦男はしきりに姉の肉体に触りたがった。とうとう相互に性器を愛撫しあい、亮子も弟の指で快美なオルガスムスを味わった。さすがに性器の結合にだけは至らなかったというのだが……。

「入れたい、って頼んできたけど、私、危ない期間だったたし、コンドームも持ってなかったから、結局、素股でイカせてあげたの。それでも、すごく喜んでいたわ」

亮子は洋太郎にそう告白している。この姉弟のあいだでは、性の戯れに耽《ふけ》っているうちに近親相姦に対する罪悪感の壁が薄れてきている——と、洋太郎は感じた。だとすれば、火花がきっかけで水素原子と酸素原子が結合するように、ちょっと押してやれば二人は交わるに違いない。

実際、冗談半分にだが姉は、弟に向かって「どうしても童貞を奪ってくれるガールフレンドができなかったら、お姉さんが男にしてあげてもいいよ」と言ってあるという。

そういう前提があったからこそ、洋太郎は五十万円という金と引き換えに、亮子が弟と交わる姿を覗かせる——という取引をもちかけたのだ。

「いいわ」

亮子は、少し考えただけで、その取引を受け入れた。洋太郎が意外に思うほど、あっさりと――。

4

ひとしきりヘアドライヤーの音がした。化粧をする気配がして官能的な香水の匂いが押入の中まで漂ってきた。そよかな絹ずれ。ベッドの上には淡いピンク色の、艶《なま》めかしいシースルーのネグリジェがあった。それを纏って高校三年の弟を出迎えるのだろう。

やがてチャイムが鳴った。

「姉さん、こんばんは」

若い男性の声がした。

「いらっしゃい、睦男くん……」

「わあ、すてきなネグリジェだな」

「ふふ、いいでしょう?」

「すごく色っぽいよ。まるで女優みたいだ」

「嬉しいこと、言ってくれるわね」

姉弟はダイニングキッチンで、出前でとった鮨をつまみ、ビールを呑みはじめた。睦男はアルコールに弱いという。酔えば、スムーズに性的遊戯に導けるだろうという計算だ。

(早く、始めてくれないか……)

故郷のこと、家族のこと、留学のこと……、とりとめもない会話が続き、闇の中で洋太郎はいい加減イライラしてきた。窮屈な姿勢を強《し》いられ、しかも自由に身動きできない。筋肉も関節もこわばり、あちこちが軋《きし》むように痛みだした。

押入れの中にいる中年男の思考を読んだかのように、やがて亮子が、声の調子を落として弟に語りかけた。

「睦男くん……。今夜はお姉さんと一緒のベッドで寝ようね……いや？」

弟が、姉の言葉に含まれた意味を悟るのに時間はかからなかった。

「じゃ、姉さん……？」

高校三年生の声もうわずっている。

「うん、二年も会えなくなるわけだし、向こうで何があるか分かんないでしょう？」

「そんな……。縁起でもない」

「でも、やっぱり水盃《みずさかずき》の覚悟よ。だから、今晩、睦男くんを男にしてあげる。お父さんやお母さんより一日早く来てもらったのは、そういうわけ……」

「だいたい、分かってたけど……。それに、こんなにセクシィな寝衣《ねまき》を着てたから」

「うふん。じゃ、もう立ってるんだ」

「あっ」

「わっ、すごい」

「だめだよぉ」

「いいじゃない」

しばらく笑い声とドタバタいう物音が交錯していたが、やがて静かになった。

(始めたか……)

闇の中で、思わず身をのりだし、唾《つば》をのみこんだ洋太郎だ。

「ああ……」

「姉さん……」

「む」

姉と弟がキス――舌と舌をからめるディープ・キスを交わしている気配。

「はあっ」

「あ、うっ」

「ね、ベッドに……」

「うん」

足音がもつれあうようにして、ドンとベッドに倒れこむ音。

「待って、暗くするわ」

「全部、消したらダメだよ。お姉さんの体を見たい」

「でも、明るいのはイヤ」

——それが合図だった。枕元のスタンドを豆球だけの明かりにすれば、押入れの扉が少し開いてもベッドからは見えない。洋太郎は顫《ふる》える手で扉をそうっと押しあけた。

（おお）

ベッドの上で絡みあう若い男女の姿が、薄明かりの中に浮かびあがっている。洋太郎はその光景を見るなり、痛いほど勃起した。

睦男は早くも下着を脱ぎ捨て、全裸になって姉の上にのしかかっている。姉に似て色白の肉体だが、洋太郎が想像していたより筋肉がついている。尻の硬質のまるみは少女のようで、一種のエロティシズムを感じさせる。

姉はネグリジェの前をすっかりはだけさせられ、豊かな乳房を弟に吸わせていた。二人の手は互いの股間をまさぐりあっている。しかし、亮子はまだパンティをつけている。といっても、恥毛が完全に透けて見える薄桃色のナイロン製だ。睦男がまさぐっているクロッチの部分に濡れて黒々としたしみが広がっているのが認められる。

「ね、吸ってあげるわ……」

かすれた声で姉がうながし、弟を仰臥《ぎょうが》させた。ネグリジェを脱ぎすて、裸身を脚のあいだに屈ませた。弟のペニスはほとんど垂直に聳《そび》え立っている。完全に包皮が後退している先端から透明な液が滲《にじ》み出て赤紫色に充血した亀頭を濡らしていた。

（ほう、けっこう逞《たくま》しいペニスじゃないか……）

洋太郎は感嘆した。姉はロケット形と表現したが、一年たつうちにペニスも成長したのか、亀頭のえらがはりだして、理想的なマツタケ形に近い。血管を浮き彫りにしている怒張を、亮子がくわえ、少年の体が「あ」という声と共にうち震えた。

わざとじらすように、舌の先端でつつくようにしたり、息をはあっと吹きかけたり、もう一方の手指で下のふくろをやわやわ揉みあげたりしながら、技巧の限りを尽くして亮子は弟の欲望器官を愛撫し、刺激する。

睦男は弓なりに背をのけ反らせる。洋太郎はハッキリと快楽に歪《ゆが》む少年の顔を見た。線は細いがハンサムだ。姉に似ているといえば似ている。首筋にわりと目立つ黒子《ほくろ》。

（すごい……）

姉弟の交歓する淫美《いんび》な光景に、洋太郎は完全に魅了された。どんなポルノグラフィよりも興奮させられる眺めだった。

「ね、姉さん……」

やがて、汗まみれの裸身をくねらせて、少年が要求した。

「入れさせて……」

「いいわ」

亮子が仰向けになる。

「脱がせて……」

「うん」

少年はうやうやしい手つきで、姉の秘部を覆っていた薄布を剝《は》いだ。

「きれいだ……」

「恥ずかしい」

弟は目をみはり、姉は両手で顔を覆う。

睦男の体が亮子の裸身にのしかかっていった。彼女の手が怒張を握り、脚は左右に大きく割り拡げられた。

「焦らないでね」

「うん」

姉に導かれながらも、少年は二度、三度と狙いを外した。

「ゆっくり、そう……」

グイと丸い尻が押しつけられ、

「あ、はうっ」

少年の唇から声にならない声が洩れ、

「睦男くん……、キミ、もう一人前の男よ……」

亮子が熱い息を弟の耳朶《みみたぶ》に吹きつける。彼女の腕と脚が蛇のようにしなやかに睦男の体に巻きついたかと思うと、

「あっ、ね、姉さんっ……！」

ほとんど抽送らしいことを行なう暇もなく、少年はガクガクと腰をうち震わせ、身も心も溶け崩れるような甘美な電撃を受けてドクドクと牡の液を吐き出した——。

5

翌日の午後、都心のホテルの一室で、洋太郎と亮子は会った。最後の密会だ。

「あれから、何回したの？」

封筒を渡しながら、洋太郎は訊いた。

昨夜は、睦男がシャワーを浴びに浴室に入った隙に、洋太郎は素早く部屋から抜け出したのだ。

亮子が隠しておいた彼の靴を手渡すとき、洋太郎は全裸の娘の股間から溢れた白い液が、トロリと内腿《うちもも》を伝うのを見た。確かに彼女は、膣《ちつ》奥へ弟の激情をしたたかに浴びたのだ。

「シャワーを一緒に浴びて、お風呂の中でフェラチオしてあげたわ。それからベッドに戻って……。二回目はわりと長く頑張ったみたい。それから、明け方にもう一回……」

洋太郎の視線を避けるようにする。頬にうっすらと赤みがさす。

「若いな、さすがに」

洋太郎は唸《うな》った。

亮子は札を数え終わった。首を傾げ、もう一度数えなおす。三十五枚。

「十万円も余分よ」

「ゆうべの特別報酬だよ、とっておきなさい……」

「わっ、ありがとう。おじさま！」

亮子がしがみついてきた。悩ましい匂いのする体から服を、下着をはぎとり、洋太郎は猛然と挑みかかっていった——。

激しい交合が終わったあと、

「ね、明日は空港に見送りなんて、やめてよね……」

亮子はそう言った。彼女は今夜、成田空港近くのホテルに泊まる。見送りに来た家族と出発前夜を共に過ごすのだ。

「うむ。行ってあげたいけど、打ち合わせがあるからね」

「それで、いいのよ。両親もいるし、睦男もいるし、私、困ってしまうから」

再び彼を奮い立たせようと、股間に顔を伏せながら、亮子はそう言った――。

彼女の技巧に快美の呻きを吐きつつ、

(昨夜の光景は、どんなエロ・ショーよりもすごかった。実の姉を弟が犯すのを見られたのだから、六十万も惜しくはない……)

洋太郎は、自分に言いきかせたのだった。

＊

亮子からは、飛行機の中で書いたらしい絵葉書が事務所宛に一度届いただけで、その後はぷっつりと音信が絶えた。

(やっぱり、な……)

若い娘はスッパリと彼のことなど忘れてしまったに違いない。洋太郎のほうは、そういうわけにはゆかない。未練たらしく亮子の顔、匂い、声を思いだしてばかりいる。

そういう時は、必ず弟にのしかかられ、逞しいペニスを突きたてられて喘《あえ》ぎ、悶えている亮子の裸身が脳裏でプレイバックされる。寝床で横になっている時など、その記憶が激しい欲情を呼び起こし、自慰に耽ることもしばしばだった。亮子のみずみずしい肌の記憶がまだ生々しいだけに、彼女と別れる前よりも、余計妻の体を抱く気がしなくなった。

そうやって三か月も過ぎたある日、洋太郎はテレビ局のロビーに面した喫茶室で打ち合わせしていた。

その途中、ザワザワと何人かの若い男女が玄関を出ていくのが、ガラスの仕切りごしに見えた。恰好からして、スタジオ公開番組か何かにやってきた大学生らしい。タクシーの乗場で待ちながら、さかんに笑いさざめいている。

「あれっ⁉」

なにげなく眺めているうち、洋太郎はすっとん狂な声をあげてしまった。

「何だよ⁉」

番組のプロデューサーが驚いた顔をした。

「いや、ちょっと知ったやつがいて。失礼……」

若者たちの中に、亮子の弟——睦男がいたのだ。最初は他人の空似かと思ったが、首筋にある黒子が見えた。

（間違いない。亮子の弟だ。だけど、なんだって彼がここに……？）

地方にいる高校三年生が、どうして白昼、都心のテレビ局にいるのだろうか。それも、垢《あか》抜けたシティ・ボーイというファッションで……。

洋太郎が若者たちのグループに追いついたとき、すでに何人かはタクシーに分乗して出ていってしまった。睦男もそれに乗ったらしく姿が見えない。

「ね、きみ⁉」

息をきらしながら、洋太郎は残った二、三人の若者に質問した。

「いま、きみたちと一緒にいた男の子がいたろう？　背が高くて、ここに黒子がある……。彼、杉野睦男くんじゃない？」

「え⁉」

亮子と同じぐらいの年齢の若者たちは、呆気《あっけ》にとられた顔をして、ドタバタ駆けよってきた中年男を見つめた。女の子の一人が言った。

「違いますよ。かれ、広田ヨシオっていうの……」

一瞬、洋太郎の胸を閃光《せんこう》のように疑惑が走った。亮子と別れてから初めての疑惑。

「そ、それじゃ、もしかしたらキミたちは、A——大の学生さんじゃないか……？」

亮子の大学の名前を言ってみる。

「そうよ。私たちA——大演劇部の部員なの」

彼らは学園祭の企画を番組に取りあげてもらうために、うちそろってこのテレビ局を訪ねたのだという。

若者たちが笑いさざめきながら去った後も、洋太郎は惚《ほう》けたようになって、しばらくそこに立ちすくんでいた。

（そうだったのか。道理で実の弟にしては体格がよいと思った。亮子のやつ、演劇部の友人に頼みこんで、替え玉になってもらったのだ……）

空港に見送りにこないでくれと念を押したわけだ。

（実の弟との性的体験という話も、どこまでが真実だったものやら……）

姉弟の近親相姦に対して異常な関心を示すパトロンから大金をせしめたいがために、彼女としては一世一代の替え玉ショーをやってのけたわけだ。

（やってくれたな、亮子……）

怒りではなく、どういうものか、笑いが腹の底からこみあげてきた。

「ぶわっ、わははは。わっはははは！」

テレビ局の玄関で、涙が流れるほどに哄笑《こうしょう》する中年男を、通りかかる誰もが、気味悪そうな顔をして眺めながら、通りすぎていった。

相姦の海

1

笙子《しょうこ》は港町の駅前にあるレンタカーの営業所から、白いツードア・ハードトップ・セダンを借りた。

フェリーの発着所に着いた時も、午後の日はまだ高かった。ここで直人《なおと》を出迎えるのは初めてではない。こぢんまりとした待合室や駐車場や埠頭《ふとう》の光景も馴染《なじ》みの風景になってしまった。

直人の乗ったはずの、午後一番のフェリーボートが到着するまで、まだ一時間以上あった。笙子は駐車場ではなく、フェリー桟橋のほうへ車を進めた。突端ちかく、ほとんど人の姿の見えない所に、先を海に向けて駐めた。

夏場はバカンス客で賑わった埠頭も、シーズンが終わったこの時期は、平日ということもあって閑散としている。快晴で視界はよかった。湾はベタ凪《なぎ》で海面は油を流したようだ。

笙子はシートを倒し、ウィンドウ越しの日差しが顔に当たらないよう、サンバイザーを調節した。左右の窓は半ば開けてあるので、潮の香りが吹き抜けてゆく。

昨夜はよく眠っていない。直人と会う時はいつもそうだ。密会の期待がよく熟れた女の体の芯を疼《うず》かせている。

眠られはしないと思いつつもヘッドレストに顔をもたせかけて、サングラスをかけたままで目を瞑《つむ》った。驚いたことに、瞬間的に眠りに落ちたらしい。

ボウッ。

汽笛が聞こえてきたので、目を開けて腕時計を見ると、カルティエの針は間もなくフェリーが着く時間を指し示していた。誰かが一瞬のうちに彼女の時間を盗んでしまったような気がした。

港の向こうに見える岬の蔭から、白と黄色に塗られた船体が姿を現した。ゆっくり進路を変え、白波をかきわけて埠頭に向かってくる。

笙子はあわててシートを起こし、サングラスを外すと、サンバイザーの裏側についている小さな鏡に自分の顔を映した。瞼《まぶた》が少し腫《は》れぼったい。軽く化粧を直した。

近づいてくるフェリーボートの船尾には何羽ものカモメが群がっている。

「甲板から餌《えさ》を投げてやると、カモメが海面すれすれのところで、実にうまくキャッチするんだよ。それが面白くてね」と、直人が言う。だからいつも乗船前に菓子パンを買って乗りこむ。あのカモメたちは、今日も彼からたっぷり餌を貰《もら》っただろうか。

猿とか鯉とか鳩とか、直人はそういった生き物に餌を与えるのが好きだ。かつて一緒に奈良で遊んだ時も、直人は春日大社の鹿たちに煎餅《せんべい》を与え続けて飽きることがなかった。生き物が好きで可愛がるというのではない。餌を与えることで自分が優位の存在、支配的な立場にいることを確かめたがる癖ではないかと、笙子は思っている。

埠頭がざわつきだした。夏のシーズンには及ばないけれども、狭い海峡の向こうへ渡ろうとする車の列が延びている。フェリーボートが減速した。スクリューが逆転し船尾に白い泡がたつ。

上甲板に出て埠頭を眺めている乗客の中に直人の姿を探した。背が高くがっしりした体格なので、すぐ分かった。上着を脱いで手に持ち、明るい色のスラックスに半袖のポロシャツ姿。濃いサングラスをかけているので少しヤクザめいて見える。数年前までは高校で数学を教えていたのに。陽に灼《や》けて、顔も、むき出しの腕も黒い。つきあいでゴルフをやることが多いせいだ。

笙子の乳首がブラジャーの内側で勃起し、カップと擦《す》れて熱く、痛みにも似た感覚が生じた。下着の底も濡れているのが分かる。

また汽笛が鳴り、船から係留索が投げられた。まもなく下船だ。笙子は周囲を見渡した。埠頭にいる人々の目はフェリーに向けられている。

運転席に坐ったままニットスーツのスカートの裾《すそ》をたくしあげた。腰を浮かせながらパンティを脱ぎおろし、赤いハイヒールの爪先から引き抜いた。脚は肌色のストッキングで包まれている。パンストではなくセパレートのストッキングだ。それをガーターベルトで吊っているのは、彼がそういった娼婦的なエロティシズムを好むからなのだが、即座にパンティだけを脱げるという点で、笙子の中に潜む露出的な欲望のためにも役立つ。

密会の時はいつも、ノーパンになって出迎えることを、直人は命じている。笙子は最初こそさかんに恥ずかしがったものの、今では素直に従っている。

またサングラスをかけ、レースで縁取られたパールホワイトのシルクの下着を掌《てのひら》に丸めて、笙子は車を降りた。

＊

直人はフェリーの甲板からすぐに笙子を認めた。

埠頭に群がる人間たちや車から少し離れて、いつものように白い乗用車のボンネットに軽く尻を載せるようにして立っている。軽やかに体にまとわりつくような衣装はソニア・リキエルのニットスーツだろう。彼女は自分に一番似合うのはソニアだと信じて疑わない。首に巻いたスカーフが海からの微風に靡《なび》いている。

サングラスをかけ、両手で自分の体を抱くようにしている姿は、何か恋愛映画で演技している女優のようだ。そうやって出迎える笙子の姿を何度も見ているのに、ドラマティックな感情が波立つ。

直人は手にした一眼レフカメラをかまえた。ズームレンズを繰り出すと笙子の全身がファインダーいっぱいに拡大され、写されるのだと分かった被写体が手を振った。

白い布切れを何度かうち振ってから、またそれを掌に丸めこんだ。頬《ほお》が紅潮しているのが、カメラのレンズをとおして分かる。直人は唇の端に微笑を浮かべた。以前は絶対にそんなことをしなかった淑《しと》やかな女なのに。彼は股間が突っ張り、欲望がズキズキと疼《うず》くのを覚えた。

タラップを降りる客たちの流れから離れて白い乗用車に近寄ってゆくと、笙子はサングラスを外して微笑んだ。

「よう。待ったか？」

「少しね」

いつまでたっても子供っぽさを感じさせるキラキラ光る目が現れた。目尻の小皺《こじわ》を気にする年齢だが、ソニアのニットドレスを纏《まと》い、エルメスのスカーフを首に巻いている小粋な姿は、中学生の娘がいる母親とは思えない。形のよい脚は職業ダンサーのようだ。

「暑いな。また夏が来たみたいだ」

ドアを開けて後部座席にカメラマンが持つようなショルダーバッグを、すでに置かれている笙子のルイ・ヴィトンの旅行鞄《かばん》の隣に投げこむ。

「どれ」

手を出すと、笙子は無言で掌にまるめこんでいた白い布片を手渡した。さっき彼に向かって打ち振った布片を広げると、それは彼女が脱いだばかりのパンティである。直人がそれをもったいぶった手付きで裏返し、広げる。笙子の頬に赤味が増した。そうやって下着を差し出す行為は、戦場の兵士が白旗を掲げる行為にも似て、性的に屈伏させられることの証でもあるだけに、彼女の被虐願望は刺激される。

クロッチの当て布の部分におびただしい液体がねっとり付着して、キラキラ輝いていた。成熟した健康な女体から溢《あふ》れた液の、酸っぱいような匂いが、笙子が使っている香水――タブーの芳香と入りまじって、なんとも蠱惑《こわく》的だ。

「ああ、いい匂いだ」

その香りをふかぶかと嗅いでからそう言い、絹の薄布をポロシャツの胸ポケットに無造作に押しこむ。彼女がどれだけ自分の到来を待ち焦がれていたか、その証を見て直人は満足する。笙子を抱きよせ、接吻した。

人前で親密な行為を要求されると笙子の躰《からだ》はいつも強張《こわば》る。それなのに髪からも肌からも刺激的な体臭がふり撒《ま》かれるのだ。自分もそういった匂いを発散して、笙子もまたそれを嗅いで昂《たかぶ》るのだろうか、と直人は疑う。

直人が運転席に坐った。こぢんまりした港町を抜ける途中、信号で何度か停車した。その間を利用して、直人は助手席に坐っている笙子のスカートの下に手を伸ばした。

ナイロンに包まれた腿《もも》を上のほうに撫《な》であげてゆくと、肉付きのよい内股がピクッと顫《ふる》える。

笙子は周囲の車や通行人から覗《のぞ》かれているのではないかとしきりに気にするが、不作法な愛撫に強く逆らうわけではなく、やがて体の力を抜くようにして遠慮のない手を太腿の付け根まで受け入れる。

すれ違ったトラックの運転手が、好奇心をあらわにして笙子に注目した。濃いサングラスをかけた上品な装いの美女。隣でハンドルを握っている、人品賤《いや》しからぬ中年男は夫だろうか。夏のリゾート地に、シーズンが終わったこんな時期に、何をしにやってくるのだろう

——と疑っているのではないか。

直人はロングサイズのラークをくわえて、時おり笙子の熱を帯びた腿をまさぐりながら考える。彼女がノーパンで、おれに弄《いじ》られるままになっているのを知ったら、あいつはさぞ驚くだろう。

市街を抜けると眺めのよい海岸線に出、直人はスピードをあげて左手に海を見ながら南下した。交通量は少ない。岩場の多いところでは釣師たちの姿を所々に見かけたが、砂浜にはほとんど人影がない。

やがて、予約しておいた旅館が松林ごしに見えてきた。ここにやって来るのも初めてではない。

2

昔はこのあたりの代官屋敷だったという古い家屋を改造した観光旅館は、夏場こそ海水浴を楽しみに来る客たちでごったがえすが、今はこのあたりの鄙《ひな》びた集落と同じように眠たげな雰囲気の中にひたりきっていた。玄関脇の駐車場にも、ほとんど車の姿が見えない。

「お早いお着きで」

番頭が二人の荷物を受け取り、長い廊下を先に立って、彼らの部屋まで案内した。入ったところが水屋つきの四畳半の控えの間。客間は十二畳あり、さらに庭に面して広い縁側が張りだしている。和風の小さな浴室とトイレがついている。

「暇だね」

直人が番頭に言うと、

「ええ。今度の連休にはいくぶん混みますが、後はお正月まで、そうですなあ……、平日だと一日に二、三組泊まりがあるかどうか、という具合で」

それらの客たちは、どんな人種なのだろうか、と笙子は不思議に思った。自分たちと同じように、人目を避けて情熱的な時を過ごそうとやってくる、わけありの二人連れなのだろうか。

「この部屋はいい。広いし、他の部屋とも離れているから」

サングラスをとり、縁先に置かれたゆったりした籐の椅子に腰をおろした直人は、満足そうに言い、またラークを口にくわえた。笙子は自分のライターをバッグからとりだし、火をつけてやる。

やがて、お湯の入ったポットと宿泊名簿を手にして係の仲居がやってきた。五十代半ばぐらいの、ころころ太った女性だった。笙子が用意してきた小さなご祝儀袋を、何度も礼を言いながら受け取った。

仲居が出てゆくと、直人は笙子を手招きした。年増美人は愛人の膝《ひざ》の上にヒップを載せた。華奢《きゃしゃ》なように見えて抱いてみるとずっしりとした肉置《ししお》きを感じさせる体だ。

抱擁し、互いの唾液を啜《すす》りあう情熱的な接吻を交わす。笙子の髪がむうっと甘く香るようだ。唇を離すと、笙子はひたと愛人の目を覗きこむようにして言った。

「ここのお庭の感じ、伯母さんの家とよく似ていると思わない？」

かつて大火があり、家を焼かれた一家はしばらくの間、父親の姉の家に間借りしていたことがある。

「そうかな」

「そうよ。芝生があって松があって、その向こうに海が見えて……」

二人がその庭から一緒に海を見たのは、ずっとずっと前のことだ。笙子はセーラー服を着ていたはずだ。直人には、その頃でも、彼女のヒップはずっしりと重かったような気がする。

「まだ時間はある。海岸に出てみるか」

「その前に電話をさせて」

笙子は床の間に置かれている電話器ににじりより、今朝、発《た》ってきた街の市外局番を回した。その街で笙子は生まれ、育ち、結婚し、子供を生み、親を失ない、離婚した。

離婚は三年前だ。直人は、そのことに関しては自分の責任ではないと思っている。離婚した後、彼女は夫の家を出てこぢんまりしたマンションに移り住み、こぢんまりとした喫茶店をやりはじめた。その時は直人も相談にのり、銀行から金を借りる時は保証人にもなってやった。喫茶店は場所がよかったのか、結構繁盛している。一時痩《や》せていた笙子がふくよかになったのは、店の経営が軌道にのってからだ。

直人は、それ以前に高校の教師をやめ、半島の対岸の都市で教材販売会社を経営するようになっていた。その会社はもともと教え子の父親がやっていたのだが、その男が急死し、未亡人から望まれて経営を引き受けることにしたのだ。彼がのりこんでから業績はあがり、やがて未亡人は彼の妻になった。名義の上では妻が社長だが、実質的には彼が切り回している。二人の間の子供はいない。

一時途絶えていた笙子との密会は、彼女の離婚後から繁《しげ》くなった。やがて、出会うのは、半島の突端にある港町と決まった。どちらの家からもほぼ同じ時間で来られるし、夏場の海水浴シーズンをはずせば、知った顔と出くわすおそれがない。

笙子は、娘には、およそ月に一度の密会旅行を、同窓会の集まりだとか、青色申告会で行なう旅行だとか、適当に理由をつけている。直人はベッドに腰をおろしてラークを吸う。県内の学校を巡って教師たちと会い、酒を飲ませ、時には女も抱かせて注文をとって歩くのが仕事だ。一泊や二泊程度の出張は日常茶飯事で理由をつける必要もない。日に一度、会社に電話を入れるだけでいい。

笙子の中三の娘は学校から帰っていた。母親は夕食のことをこまごまと指示している。娘が「ハンバーガーですませてもいい」と言っているのに、ちゃんと手をかけた料理を作ってくるのは、密会する母の罪悪感からだろう。

横坐りになって電話している笙子を見ると、なぜか直人は欲情し、背後から抱きつくようにしてニットドレスの裾をたくしあげてノーパンのヒップをまる出しにした。よく脂ののった、目にしみるように白い、つややかな肉の双丘が、黒いガーターベルトに映えて濃艶な眺めだ。

「そう。煮付けは電子レンジで温めてね。それと、明日の朝は……」

話している笙子の口調は意識して変わらないが、頬が紅潮し受話器を持つ手が震えた。直人は愛人の上体を前に倒させ、尻を突き上げるような姿勢をとらせた。ふくよかな尻たぼを両手で割ろうとすると、笙子は腿に力をこめて臀裂《でんれつ》をキュッと締めて拒んだ。彼は人差し指をアヌスからよく脂肪のついた堤防に囲われた溝へと這《は》わせる。黒い縮れ毛に囲まれた、ぬるぬるとした液で濡れている温かい粘膜に触れた。ゆっくり指を前後に動かし、敏感な部分を刺激してやる。もじもじとヒップが揺れ、濃密な牝《めす》の匂いが香った。

「うん。ママは、明日帰るから。じゃあね」

あわてたように受話器を置くと、「はあっ」と吐息を洩《も》らしベッドに上半身を倒れこませた。腿が開き、葛《くず》を溶いたように薄白い分泌液で濡れまぶされた秘唇が露《あら》わになった。直人の指は三本までがふかぶかと根元まで埋めこまれている。

「意地悪ぅ。さやかと電話している時に苛《いじ》めるなんて……」

さやかというのは娘の名だ。その娘の母親は頬を紅潮させ、瞳を潤ませている。臀《しり》をよじったときにガーターベルトの留め具が片方のストッキングから外れ、むっちりとしたミルクホワイトの腿から垂れて揺れている。盛装した女体が一転してあられもないエロティックな姿だ。彼女は反撃するように直人の股間をスラックスの上からまさぐってきた。肉根は充血して布地の上からでも熱と脈動を笙子の手に伝えた。

昔の直人だったらこのまま一度柔肉を貫き犯す行為に没頭しているところだが、ぐっと自制する。年齢と共に欲望の弾丸を装填《そうてん》するのに時間がかかるようになった。それに比例して性戯は濃厚になってゆくのは、やはり中年男の宿命なのだろう。

「よし、続きは海岸だ」

尻たぼを軽く平手で打って言うと、

「はい」

しなやかな猫のように、笙子はするりと愛人の腕の中から抜けた。その時にポロシャツの胸ポケットに入っていたシルクの布きれを抜き取ってしまう。

笙子はトイレに行き、内腿まで濡らした愛液を紙でていねいに拭《ぬぐ》った。昂奮した性愛器官からたちのぼるある種の醱酵《はっこう》臭を、自分でも好ましいと思う。直人は昔から笙子の肌や秘部の匂いを好み、必要以上に洗うことを嫌う。別れた夫は逆だった。セックスの前は必ず洗浄を要求した。愛撫は粗野なくらいだったが、性器に対する接吻はするのもされるのも嫌がった。いろいろな理由があったが、そういったことも離婚の原因のひとつかもしれない。

笙子は再びパンティを着けた。

帳場に、夕食までには戻ると伝えてから、二人はまた車に乗った。直人は半島の西海岸へ向かうことにした。このあたりの海岸線は何度も走っているが、そっちの方へ行くのは初めてだった。

車同士がようやくすれ違えるような舗装道路が白く輝いてどこまでも続いていた。松林ごしに見える海は青い銀紙を貼りつけた壁のように見えた。どの集落もまるでひと気がなく、停止した時間の中で静まりかえっていた。走りゆく白い乗用車を、干してある魚網の下で昼寝をしていた猫が欠伸《あくび》をしながら見送る。

しばらく走ると、ふいに舗装がとぎれた。バスもここから先には行かないのだ。道端に海水浴場を指し示す矢印がついた看板が立っていた。文字のペンキはほとんど剝落《はくらく》している。直人はためらうことなく凹凸の激しい道に車を乗り入れた。砂利が跳ね、笙子の足の下で車体が底をこするイヤな音がした。

「悪い道ね」

「ということは、誰も来ないということさ」

車は松林の中に入りこんだ。道はますます悪くなり、時々、タイヤが砂だまりの上で空転した。しっかりとハンドルを握り、直人は慎重に車をすすめた。

松林を抜けると、ふいに小高い砂丘が立ちはだかった。その向こうから波の音が聞こえてくる。砂地にタイヤをめりこませて脱出できなくなるのを恐れ、直人は車を止めた。

笙子が降りると、華奢なハイヒールの踵《かかと》が砂にめりこんだ。かなり歩きにくそうだ。直人はカメラバッグを取りだして乗用車のドアをロックした。

砂丘の頂に立つと、白波が打ち寄せるかなり長い砂浜が見わたせた。砂丘の下には、吹き寄せる砂に押しつぶされたような小屋の残骸《ざんがい》が二、三軒。かつての海水浴場の名残りだ。見渡す限り、人っ子ひとり見えない。水平線の向こうを巨大なタンカーがゆったりと動いてゆく。北の方には岬が突き出、その先端に灯台が見えた。

直人は砂浜の外れを指さした。

「難破船があるぞ」

木造船の残骸が、巨獣の残骸のようにうずくまっていた。大波に打ちあげられたのだろうか、波打ち際から信じられないほど離れたところに鎮座している。百メートルほどの距離を二人は歩いていった。

　余りにも長い間、風雨と波浪にさらされていたため、それが漁船だったのか貨物船だったのか、判別しようがないほどに風化していた。船体の前半分だけがザックリと折れたようになって打ちあげられ、そのまま年月を経たのだ。断面の部分から中に入ると、船倉だった部分はちょっとした広間ぐらい、ひろびろとしている。

　船倉の中は暗く、二人はサングラスを外した。目が慣れると、あちこちの破れ目から空が見えた。空気はヒンヤリとしている。

「こいつはいい。廃船と裸女……か」

満足げに頷《うなず》き、砂がいたるところに入りこんだ船倉の内部を点検した。

「いやだわ。虫はいない？」

笙子は怯えた声をだした。舟虫というのだろうか、海岸の岩場などに群れて這いまわる虫が嫌いだった。

「大丈夫だ。それに、ここなら誰にも見られない」

　直人はカメラを取り出した。

3

直人は笙子を廃船の舷側を背に立たせ、服を着たままで何枚かシャッターを切った。

「スカートをまくれ」

無言で笙子は従う。立ったままそうっとニットドレスの裾を摑《つか》んでもちあげると、肌色のストッキングに包まれた脚線がすっかり露出され、白いシルクのパンティに包まれた下腹を陽光に晒《さら》した。薄い絹を透かして逆三角形の黒い繁みがほの見える。ふっくら盛り上がった恥丘の底のほうはねっとりした液が滲《にじ》み、シミを作っている。

「パンティをおろせ」

ワインレッドのマニキュアを施した爪が顫えおののくように両サイドのゴムを摑み、ちょっと躊躇《ためら》うようにしてから、一気にスルリと布地を裏返すようにして薄く小さい下着を下腹から剝《は》がした。黒いハート形の恥叢《ちそう》がまる見えになる。

気品を感じさせる淑やかな女に、そういった破廉恥《はれんち》なポーズをとらせるとき、直人はいっそう昂る。

「よし、中に入って服を脱げ」

暗い船倉の中で、笙子は注意深くソニア・リキエルのニットドレスを脱いだ。身に着けているのは白いパンティとブラジャー、黒いガーターベルトと肌色のストッキング、それに赤いエナメルのパンプス。

「そこがいい」

笙子は船倉の真ん中を甲板から船底まで貫く太い木の柱に歩みよった。その柱はかつて誇らしげに旗を翻し、聳《そび》え立っていたメインマストの基底部なのだ。

「こっちを向け。股を開いて。さあ」

振り向くとストロボの閃光《せんこう》が青白い裸身を薄闇に輝かせた。笙子はパンティを爪先から抜きとった。

直人はカメラが趣味というわけではないが若い頃から笙子をよく撮った。多くの恋人や夫婦がそうであるように、記録というより、性的昂奮を昂めるための道具としてカメラを用いてきた。

秘毛に覆われた生殖溝を自らの手で割り拡《ひろ》げるような卑猥《ひわい》なポーズをとらされ、何度もフラッシュを浴びているうち、いつしか笙子も激しく昂奮してしまう。

現像は直人が自分でやる。一人で眺めて悦にいるだけではなく、時々、スワッピング愛好者のための雑誌などに投稿したりしだした。直人はいつか他の男に笙子を抱かせ、その姿をカメラに収めてみたいと思っているが、笙子は頑《かたく》なに抵抗している。その抵抗もいつまで保《も》つものでもない、と彼は確信している。

「さあ、やれよ。淫乱女。思いきりよがってみな」

直人の声が粗野な調子を帯びた。笙子は貶《おとし》められるほどに昂奮するのを知っている。

笙子は柱に背を押しつけるようにし、右手でブラジャーのカップを押しあげて豊かなふくらみの上で勃起している乳首をむきだしにし、左手をノーパンの股間、くっきり逆三角形を描いている繁茂した陰毛の底へ這わせた。

腰を突き出すようにして目を閉じ、自己愛撫《あいぶ》に耽《ふけ》りだした女体は、やがておびただしく蜜を溢れさせて内腿を濡らした。

直人はカメラを置いて近寄った。笙子の前に立ちはだかると、うっすらと目を開けた彼女は、砂が積もった船倉の床板に膝をつき、黙ってスラックスのジッパーを引きさげ、下着から彼の欲望器官をつかみだした。充血し、ほぼ水平に突き出した怒張を愛しそうに両手で捧げもち、カウパー腺液でぬらぬら濡れ光る先端を、唇を開けて迎え入れた。

「…………」

笙子の口唇愛戯はたいそう巧みだ。唇と舌を駆使して直人の官能を刺激する。髪が揺れ鼻息が直人の下腹を擽《くすぐ》る。彼は快美の呻《うめ》きを洩らした。情欲が溢れそうになる。

唾液でねっとり濡れたそれを引き抜くと、

「あン……」

笙子は不満そうに鼻を鳴らした。

「呑みたかったのに」

「まだだ」

直人は彼女のブラをひき毟《むし》って、「這え」と命じた。

ストッキングとハイヒールだけを身につけた年増女は、船倉の床によつん這いになった。

その時になって、砂まみれの床の上に新聞の切れ端やら煙草の吸殻が散乱しているのを笙子は認めた。干からびたコンドームの残骸も。人目を避けた男女が何組もここを訪ねて彼らなりの時間を過ごした証拠だ。

天井に開いたハッチの穴から差し込む光線が、薄暗がりの中に笙子の豊かな臀のまるみを浮かびあがらせた。直人は彼女の左側に片膝をつき、弾力に富む肉を打ち叩いた。ビシビシと残酷な音がした。

「う、うっ」

笙子の嚙《か》みしめた唇から呻きが洩れる。みるみる白い肌が赤く染まってゆく。臀を叩かれるとなぜか笙子は激しく昂奮する。たちまち陰裂から愛液が溢れて腿を濡らした。

直人は彫刻家が制作中の自分の作品を眺めるようにして、距離をとってよつん這いの女体を眺める。床に頭をすりつけるようにし、笙子は荒い息をつき、もじもじとヒップをくねらせていたが、やがてたまらなくなったように左手で股間をまさぐり、自己愛撫に耽溺《たんでき》しだした。

直人はまたカメラを手にした。笙子の卑猥な姿態を記録すべくシャッターを切ったが、手応えがなかった。フィルムが切れたのだ。

「ちっ」

舌打ちしてバッグの底を探った。

「まいった。フィルムを切らしてしまった」

また舌打ちした。

「もう、いいじゃないですか。来て……」

妖《あや》しくかすれた声で笙子は、自分を犯せと唆《そそのか》す。まだその時ではない。直人はここへ来る途中の雑貨屋を思いだした。あそこならフィルムはあるだろう。バッグから縄をとりだした。これまで何度も笙子の脂を吸った袋打ちの綿ロープ。

「フィルムを買ってくる間、縛っておく」

「いやよ、やめて」

笙子は青ざめた。こんな所で独り、あられもない姿で放置されるのは、恐ろしかった。立ちあがって逆らったが強い力で腕をねじあげられて、両手首をくくられた。直人は太い柱に彼女を縛りつけた。両手首は彼女の頸《くび》の後ろと柱の間にある。両脇は完全に無防備で、ふさふさした腋毛《わきげ》が濃厚な匂いを発散させながらそよいでいる。ウェストのくびれをもう一本の縄で柱に密着させ、笙子は動かせるのは脚だけとなった。

「だめ。置いてゆかないで」

涙声で訴えると、直人は彼女が脱ぎ捨てたパンティを思いだし、それを口に押しこんでしまう。

「ぐ……」

それを吐き出したりしないよう、彼女のブラジャーを紐《ひも》状に撚《よ》って猿ぐつわを嚙《か》ませる。もう声は出ない。

「おとなしく待っていろ」

直人は破船の舷《げん》側に開いた穴から出ていった。サクサクと砂を踏む足音が遠ざかってゆく。戻ってくるまで何分かかるだろうか、と笙子は混乱した頭で考えた。十分か、いや、二十分はかかるかもしれない。それまでの間、誰が来ないとも限らない。誰かがここに踏みこんできて、マストの根柱にくくりつけられているストッキングとハイヒールだけの裸女を見つけたら……。もし、それが男なら、間違いなく彼女は強姦《ごうかん》されるだろう。

笙子は怯えて啜り泣いた。啜り泣きながら激しく昂奮し、まるで尿を洩らしでもしたかのように夥《おびただ》しい分泌液を溢れさせた。子宮が熱く燃えたち、疼くあまりヒップが尿を堪えているかのようにもじもじと左右に打ち揺すられた。彼女の肉体が、いや無意識が、強姦を待っている。理性は痺《しび》れ、女体はいまや子宮に司《つかさど》られている。

「…………！」

笙子はハッとして妄想の世界から現実に呼び戻された。何かが視界の隅で動いた。全身が凍りついた。

何が動いたのだろうか。最初は分からなかった。何かの錯覚だろうか。船倉に自分の動悸が反響するようだ。

しばらくして影が動いた。直人が出ていったのとは反対側の舷側に西日が当たり、破れ目から差しこんだ光が反対側の壁に当たっている。その形が動いている。

誰かが外にいるのは間違いなかった。外にいて自分を窺《うかが》っている。笙子は悲鳴をあげるところだった。

微《かす》かに砂を踏む足音が聞こえた。影が動いた。笙子は息をつめ、全身をアンテナにした。

直人が彼女を驚かすためにこっそり近寄ってきたのだろうか。彼女を怯えさせ、昂奮させるためにそういう悪戯《いたずら》をする可能性は考えられる。

違う。低い声で囁《ささや》き交わしている。二人いるのだ。笙子は恐怖と羞恥《しゅうち》で気が遠くなるようだった。膝から力が抜けそうだ。よりにもよって直人がいなくなった時、誰か別の人間たちに自分のはしたない恰好を眺められるなんて……。

4

直人は破船に戻りながら、さっきはなかったはずの足跡に気がついた。それは上の砂丘からまっすぐ降りてきて、船の向こう側へと続いている。明らかに彼の不在中に誰かがやって来たのだ。

たまたま通りかかった釣師だろうか。すでに船倉の中に入っているのだろうか。彼の脳裏に見知らぬ男たちに組み敷かれている笙子の姿が浮かびあがった。それにしては物音も叫び声もしない。

直人は身を低くしてそうっと破船に近づいた。事を荒立てたくはなかった。笙子を放置したことを一瞬、悔やんだ。

自分が緊張し、戦いに備えて拳《こぶし》を握っているのに気づく。舷側にとりついて中を窺うと、柱に縛りつけられたままの笙子が見えた。誰もいない。

「…………」

笙子は泣きそうな顔をしていた。彼を認めるとしきりに反対側の舷側を目くばせする。わかった、と頷いて船首方向まで身を低くしてゆく。接近してきた人間は、どういうわけか向こう側から窃視《せっし》しているだけなのだ。

船首にとりつき、用心深く首を伸ばし、反対側を見た。

（なんだ……）

直人は拍子抜けした。舷側にぴったりと顔を押しつけるようにして隙間《すきま》から中を覗きこんでいるのは、男の子と女の子だった。どちらも十一か十二、小学校高学年といった年齢だ。詰めていた息を吐き出す。追い払うことはない。折角の観客だ。忙しく頭を働かせた。

「やあ」

驚かさないように、つとめて穏やかな声で呼びかけ、ゆっくり彼らのほうへ歩み寄った。

少年と少女はパッと舷側から身を離し、逃げ腰になった。男の子はTシャツにショートパンツ、イガグリ頭に野球帽。女の子は膝小僧の出る白い半袖ワンピース、おかっぱ頭。よく似た丸顔。この二人は、間違いなく兄妹だと直人は思った。

「逃げることないよ。悪いことしたわけじゃないんだし」

そう言って営業用の人のよさそうな笑顔を見せる。

「初めてかい？　女の人が縛られているのを見るのは」

子供たちは、しばらくジッと中年男を見つめた。彼から危険な匂いがしないのを確かめているようだ。

「別に、覗き見に来たんじゃないよ」

ようやく口を開いたのは兄のほうだ。言い訳する口調で、

「車が駐《と》まっていたから、手伝おうかと思って……」

「手伝うって、何を？」

「このへん、よく、砂にめりこんで出られなくなる車があるんだ」

「ほう？」

「おじさんの車も、もし砂にはまったのなら押してあげようと思って……」

「この前、押してあげたら千円くれたわ」

横から妹が口を出したので、兄貴が睨《にら》みつけた。

「なるほど」

あるいはその車もアベックのだったかもしれない。いずれにしろ、この子たちはふとしたことで、思いがけない収入を得て、そういう機会にまためぐりあわないものかと、浜辺にや

ってくる車を見張っていたのだろう。

「車は大丈夫だよ。でも、ちょうどいいや。別なことを手伝ってくれたら、お礼をあげるけど」

二人の目が好奇心か欲望に輝くのを直人は見逃さなかった。慎重に言葉を選び、考えながら話した。

「実はね、おじさんは映画の監督なんだ。いま中にいる女の人は女優さん。分かる？」

二つの頭がこっくり頷く。映画の監督といい女優といい、こんな田舎の子供では月の世界の出来事と変わらないだろうに。

「今度撮る映画のね、準備に来たの。その映画というのはね、女の人が悪いことをして逃げたのを、男の人が追いかけて、捕まえてから懲《こ》らしめる――っていうお話なんだ」

まったく、子供だましというのはこのことだ、と思いながら、直人は兄妹の反応を窺った。

少なくとも今のところは、あまり疑っていない。

「どこで捕まえた女の人を懲らしめるか、って考えて、それで映画を作る前におじさんと女優さんと二人で撮影する場所を探しにきたわけ。専門用語でロケハンって言うんだけどね……」

リラックスした態度を続けるために煙草を吸う。その時になって兄が下半身をもじもじさせているのに気がついた。ショートパンツの股間が勃起しているのを何とか隠そうとしているのだ。女の子は鄙びた土地にしては、都会的なかわいい顔をしていて、兄より早熟に見えた。年子《としご》なのだろうか、二人の年齢はほとんど違わないようだ。こういう年代は、えてして女の子のほうがずっと大人びて見える。

「……そうしたら、この船を見つけたわけ。これなら、ちょうど探していた場所にぴったりなんだ。まわりに家も何もないからね。そこで実際に女の人が男の人に捕まって懲らしめられる場面がどんなふうになるか、カメラで撮影していたところなのさ。その途中でフィルムがなくなったから、おじさん、この先の雑貨屋まで買いに行ったところなんだ」

二人の子供は分かったというふうに頷く。

「だけど、どうして女の人を裸にしちゃうの？」

女の子が訊く。

「それは、懲らしめるためには、恥ずかしい思いをさせたほうがいいでしょう？　きみたちの学校の先生も、懲らしめる時には恥ずかしい思いをさせるでしょ？」

「うん。そうだね……」

「それで、きみたちに手伝ってほしいというのはね、こういうことなんだ。女の人は悪い人でね、男の人の奥さんをだまして殺したわけ。だから男の人はうらみに思って追っかけるわけだけど、奥さんの子供も仕返ししたいから一緒に追っかける……というふうにしようかな、って考えてるんだ。そうしたら、ちょうどうまい具合にきみたちがいるじゃないか。女の人をいじめる場面がどうなるか、手伝ってくれたら、その写真を撮れるんだけどな。どう？」

言葉を切って、考える表情を作り、

「そうだな、二千円あげようか、一人ずつに」

「二千円も!?」

都会から来たよそ者の男が切り出した金額を聞いて、兄妹はびっくりした顔になった。彼らの二、三か月ぶんの小遣いに匹敵するのではないだろうか。

「そうさ」と、直人はスラックスの尻ポケットから財布を取り出した。五千円札を一枚とりだした。

「千円札がないから、これだけあげるよ。一人二千五百円ということ」

おずおずと兄のほうがそれを受け取った。妹のほうは嬉しそうな顔を隠さない。彼の言葉を信じる、信じないは、五千円という紙幣の前ではどうでもいいことになった。

「いいかな？」

「うん。いいよ」

「よし、じゃ、こっちに来て」

二人の肩を抱くようにして舷側の破れ目から船倉の中に押し入れる。二人の体からは生まれたての猫の子のような匂いがした。

5

笙子は船倉の中で、直人と子供たちのやりとりをすべて聴いていた。

最初は、窃視者が子供たちだということを知ってホッとしたが、やがて直人の狙いを知って呆《あき》れた。

(あの人、子供たちを使って……)

あろうことか、自分たちが繰りひろげている淫猥《いんわい》な儀式に、まだ性の深淵《しんえん》を知らない少年と少女を誘いこもうとしている。

船倉に入ってきた直人は、まず笙子の縛《いまし》めを解き、猿ぐつわを外してやった。彼女はむきだしの前を手で覆い、しゃがみこんだ。いくら年端《としは》のゆかない子供でも、ヌードを見られるのは恥ずかしい。

「聞いたね」

子供たちに気づかれないよう、片目をつぶってみせた。

「この人が女優さんで、名前はね……、吉永笙子というんだ」

笙子は、異星人ででもあるかのように眺めている子供たちを落ち着かせるように、強張ってはいるが何とか笑顔を浮かべられたことに、自分でもびっくりした。二人とも、くりくりした目がかわいい。よく似た兄妹だ。

「よろしくね。……私が裸で縛られてるの見て、びっくりした？」

「うん」

「最初は、どうしたんだろうと思ったわ」

兄のほうははにかんで口数が少ないが、妹のほうは人見知りしない性格で、好奇心も旺盛のようだ。

名前を聞くと、男の子は長瀬トオル、女の子はユカリだという。直人が察したように一つ違いの兄妹で、それぞれ小学校の六年生と五年生だ。家はここと旅館の中間にあった集落で、父親は漁協に勤めているという。

「トオルくんもユカリちゃんも、時間はいいの？」

「うん。晩ごはんまでに帰ればいいから」

「よし。じゃ、それまで、ちょっと協力してよ。この人を懲らしめる場面を、おじさんがやってみるから」

直人は巧みに兄妹を誘導する。笙子は命じられて床によつん這いになった。

「この人は悪いことをしたんだから、最初はこうやってお仕置きを受けるんだよ」

直人が手をふりかざし、うち下ろした。少年と少女は息をひそめるようにして、美しい年増女が男に尻を打たれて悶《もだ》える姿を眺めていた。笙子は兄妹に見つめられることで異常に昂った。秘裂から蜜がとめどなく溢れた。

ひとわたり柔肌を打擲《ちょうちゃく》する音と呻きが船倉に交錯した後で、直人はトオルを呼んだ。

「さあ、今度はキミがこのひとを懲らしめるんだよ。このひとはキミのお母さんを殺してしまった悪い人になるわけだから、キミはすごく憎んでいる。だから思いっきり撲《ぶ》つんだよ」

少年はおずおずと手を振りあげ、裸女の、脂のしたたるような豊満な臀部を打った。貧弱な音がした。

「ダメだなあ。そんなんじゃ懲らしめているように見えないよ。もっと強く打って」

「いいの、おねえさん？」

トオルという名の少年は笙子に訊いた。笙子は〝おねえさん〟と呼ばれたことに戸惑いを感じた。この少年の目には、自分はまだ、そんなに若く見えているのだろうか。

「いいのよ。本気で強く打って」

息を荒くして少年はビシビシと二、三度打った。「その調子。もっと打って」と言いながら、直人はカメラを構え、自分の息子ほどの年齢の少年にまるだしの臀部を打擲される笙子の裸身を撮影する。

「じゃ、交替。次はユカリちゃん」

「はい」

白い質素なワンピースを着た、おかっぱ頭の少女は待ちかねたように笙子の背後に片膝をついた。

「いいわよ」

「うん」

彼女は兄より思いきりのよい性格なのか、笙子が促すまでもなく、最初から相当な力をこめてぷりぷりしたヒップを打ち叩いた。

「あっ、あっ」

思わず笙子の口から悲鳴が洩れた。

「そう。いいぞ、その調子」

「でも、おじさん。手が痛い……」

「そうか。じゃ、これを使ってみて」

バッグの中から直人が房鞭を持ちだすと、ユカリという少女は目を丸くした。

「これ、ムチでしょう？」

「そうだよ。手で打つだけじゃ、懲らしめにならないから、もっと痛い目に合わせてやらなきゃ。こうやって……」

直人が房鞭の打ち方を教える。鞭は手加減すると、かえって苦痛を与える場合が多い。力をこめて素早く振り抜くように打ったほうが、案外苦痛は少ないものである。少女の呑みこみは早かった。ビシッビシッと小気味よく房鞭を揮《ふる》った。赤く腫れた笙子の臀に何条もの赤い打痕《だこん》が走った。

「あうっ。ひっ！」

笙子の長い髪が宙に舞い、白い喉《のど》をのけぞらすようにして裸身が悶えくねるのを、十一歳だという少年は、この世ならぬものを見るかのような目で、口を閉めるのも忘れて見惚《みと》れていた。

「そうそう。いい写真が撮れた」

直人が鞭を取りあげるまで十打は受けただろうか。脂汗を全身に滲ませた笙子は、ぐったりと床に伏せた。

「おねえさん。ごめんなさい。ユカリ、夢中になっちゃった……」

その時になって、少女は自分がどんなに強く年上の女を責め抜いたのかを自覚して、悲鳴に似た声を洩らした。

「いいんだよ。懲らしめなんだから」

「でも、これ、練習なんでしょう？」

うすうす事情を理解しはじめた兄と違って、少女のほうは、まだ無邪気に直人の言葉を信じている。

「練習だって本気でやらないと練習にならないでしょう。さあて……」

直人はぐったりした笙子を抱きおこし、後手に縄でくくった。

6

「いや、やめて……」

柱に縛りつけられる時、笙子は叫んだ。少年と少女の目が食い入るようにひときわ黒い翳《かげ》りに向けられた。

「さっきも言ったように、痛い思いをさせるだけじゃなくて、恥ずかしい思いをさせるのも懲らしめだから、これから、このひとにうんと恥ずかしい思いをさせてあげよう」

笙子の胴に綿ロープがキリキリと食い込み、上半身は身動き出来ないままでマストの根柱にくくりつけられた。少年の視線が自分の秘部に突き刺さるのを覚えて笙子は身悶えした。

「いや、いやよ……！」

「うるさいね、この人は」

直人は笙子のズタズタに伝線したストッキングを脱がせ、片方を丸めて彼女の口に押しこみ、もう一方を撚って紐状にして、再び猿ぐつわを噛ませた。今や彼女の躰に残っているのは、必要のなくなったガーターベルトだけだ。笙子の腰のくびれにまつわりつき、垂れ下がった四本の吊り紐はひからびた海草のようだ。

「さて、女の人が一番恥ずかしいのは、やっぱりここだろ？　だから、弄ってやろう」

気を呑まれたようになっている兄妹を促して笙子の正面に近づける。笙子は汚辱の涙を流して顔を背けた。全身に桜の色が浮きたち濃密な牝の匂いにむせかえった。

「女の人の、ここ、ちゃんと見たことある？」

「…………」

兄妹はそろって首を振った。

「じゃあ、教えてあげようか」

直人は笙子の前に膝をつくと「よいしょ」と左の足を持ちあげ、腿を自分の肩にのせてしまった。そうすると、今まで腿を擦《す》り合わせることによって隠されていた彼女の秘部は、まったく遮るものがなく、真剣な少年と少女の視線に晒されてしまう。

「わ、おしっこ洩らしたの……？」

おびただしい愛液が内腿を濡らしているのを見て、ユカリが驚いた声をあげた。

「違うよ。これはおしっこじゃなくて、女の人が昂奮した時に、ここから溢れてくる液なの。ぬるぬるしてるだろ、ほら？」

濃い茂みを掻《か》き分けて、直人は毒っぽい紫色を帯びた唇に似た器官を広げてみせた。驚くほど鮮やかな珊瑚《さんご》色の粘膜が現れた。

「きれい……」

ユカリは感嘆したように言い、その言葉に刺激されたようにとろりと溢れる蜜液が直人の指を濡らした。

「ほんとだ……」

少年も押し殺したような声をあげる。

「いいかい、ここをホラ、こういうふうにさわって擦《こす》ってやると……」

磯の香りをもっと濃厚にしたような匂いを発散する中心に、直人の指があてがわれ、勃起したクリトリスを擦りたてた。

「む、う、……！」

拘束された女体がうち顫えた。

「痛いの？」

ユカリが心配そうに訊く。

「そうじゃないよ。恥ずかしいところを触られて感じてるんだ。気持がいいんだ。トオルくんもさわってごらん」

「ここ？」

「そう」

また女体がわななき戦《おのの》いた。黒髪が振り乱され、脂汗がねっとりと浮く。

「へぇ、なんか豆みたいだね。コリコリして」

「そこが、クリトリスっていって、女の人が感じる中心。ユカリちゃんも、自分でさわってみれば気持、いいだろう？」

「えー、わかんないよ。ユカリもこういうふうに大きくなるの？」

少女は目を丸くしている。

「そうだよ。おねえさんのはいつもさわられているから、こうやって大きくなっているけど」

「私にも、さわらせて」

「いいよ。交替でこのひとの足を持って、さわってやるといい」

直人は離れて、またカメラを構えた。少年と少女がかわるがわるに笙子をいたぶる姿を写す。ユカリという子のほうが膣前庭《ちつ》から膣口のほうまで弄りまわし、とうとう珊瑚色の洞窟に指を収めてしまった。

「あ、む……」

十歳かそこらの少女に秘部を嬲《なぶ》られる笙子は、激しい屈辱と同時に昂奮を覚えているのは明らかだ。またもや透明の愛液が、まるで泉のように湧き出てくる。これほどの溢出を見るのは直人も初めてだ。

「そこが膣。ユカリちゃんは知ってるだろうけど、そこから赤ちゃんが生まれてくる」

小学校高学年になると、少女たちは初潮を迎える。そのため、学校では女性の肉体の仕組みを少女たちに教えてあるはずだ。ユカリは真剣な顔をしてコックリ頷いた。

「先生が絵で教えてくれたけど、こうなってるの……」

「ユカリちゃんだって同じさ。クリトリスも膣も。自分でさわったり男の人にさわられたりしてると、どんどん発育して、セックスできるようになるよ」

ユカリは赤くなった。

「男の人と女の人がセックスするの、見たことあるでしょう？」

兄妹は顔を見合わせ、ちょっと照れたような笑みを浮かべて頷いた。

「うん。夏なんかこの近くに車で来て、抱き合ってる男の人と女の人が多いから……」

そういった環境は、ある意味では都会の少年少女たちより早熟にさせるのかもしれない。

「じゃ、二人ともよく知ってるんだ」

「でも、こんなに近くで見るのは初めてだもの。ここに男の人の大きなオチンチンが入るなんて……」

ふたたび指でさぐりながら、ユカリが溜《た》め息をつくようにして言う。

「入るさ。男の人のペニス……オチンチンはそのために硬くなるんだから。トオルくんだって、今はコチンコチンだろ？」

「わ」

直人に指摘されてトオルはふくらんだショートパンツの股間を両手で隠すようにした。顔が真っ赤だ。

「恥ずかしがることないよ。おじさんだって裸の女の人を見ると、ほら、こんなになってる」

ズボンの前の隆起を見せてやる。ユカリは何か不思議なものを見るように、兄と直人の股間を見くらべている。

「オチンチンをここに入れられると、女の人は気持よくなるんだ。オチンチンでなくても、指を入れても同じだけどね」

直人は、笙子がクリトリスと膣内壁に同時に刺激を受けると最も感じることを教えてやった。

「クリトリスと同じふうに?」

ユカリが訊いた。

「そうだなあ、それは人によって違うだろうけど、このおねえさんはどっちも同じぐらい気持いいようだよ。だから、両方一緒にさわられて擦られるのが好きみたい」

直人に唆されて、ユカリがクリトリスを擦りたて、トオルが膣の内側へ指を沈めた。

「締めつけるみたいだよ」

驚いた声を出した。

「む、ううう……」

少年の指が粘膜をかきまわすようにすると笙子は悩乱し、狂人のように黒髪を振り乱した。

「なんだか、痛そう。苦しんでるみたい」

ガクガクと腰をうち揺するようにして身悶えする笙子の様子を見て、少年は指を抜いた。

「そんなことはないよ。聞いてみたまえ」

直人は笙子の口をふさいでいたストッキングを吐き出させた。

「痛い？　おねえさん？」

トオルの問いに、笙子は首を振った。その瞳は高熱でうかされた病人のようにトロリとしている。かすれ声で言った。

「痛くなんか……ないわ。もっとやって。激しくして」

兄と妹は顔を見合わせ、再び柱に縛りつけられた熟女の股間に集中した。

「う、ううっ。そう、そうよ……」

狂おしい声を吐き出しながら、笙子の腰がうねる。

「………」

直人はユカリを眺めながら、自分が子供の頃、学校で蛙を解剖した時のことを思いだした。最初は一番いやがっていた少女が、最後には一番大胆にメスをふるったものだ。クリトリスを攻めているユカリの真剣な表情は、その時の少女とそっくりだ。まだ精通のなかった直人は、同級生の少女の横顔を見つめながら激しい勃起を覚えて狼狽《ろうばい》したものだったが……。

やがて兄と妹は役割を交替した。ユカリのふっくりと肉づきのよい指が三本、いとも容易に性愛器官の奥へ埋没してしまう。ビチャビチャと淫靡《いんび》な摩擦音が断続し、

「あう、ああ。あうン、ウン」

笙子のよがり声に鼻濁音が混じってきた。

「笙子、気持いいか」

少年と少女に秘部を弄りまわされる愛人の姿をカメラに収めながら、直人は訊く。

「ええ。いいわ。最高よ。すごい……。あうっ！」

直人の見守る中で、笙子は尿道口から透明な液体を夥しく噴射させながら絶頂した。

「あ、あうぐ、ぐぐーっ、うぐ！」

ぶるぶると内腿の筋肉が痙攣し、裸身は弓なりになる。ガクッと首が前にのめった。それは直人でさえ滅多に見たことのない、凄絶《せいぜつ》な光景だった。

「おじさん……、おねえさん、どうしたの……」

熟女が迸《ほとばし》らせた液を頬に浴びたユカリが、呆気《あっけ》にとられた表情で訊いた。直人は好奇心の旺盛な少女に説明してやった。

「最高に気持よくなると、こうなるんだよ。オルガスムスっていってね、ふつう『イク』っていうんだ。おねえさんは二人にかわいがられてイッたのさ」

7

縛めを解かれて横たえられた笙子は、しばらくして意識をとり戻した。

「すごいわ。こんなになったの、初めて」

さすがに恥じらう様子を見せて身を起こした。

「じゃ、この子たちに、気持よくしてもらったお返しをしてあげるんだな」

「分かったわ」

笙子は裸身を起こすと、まず小学校六年生の少年に向かっていった。

「トオルくん。こっちに来て……。いいことしてあげる。ユカリちゃんはちょっと待っててね」

立った少年の前に膝をつき、笙子はショートパンツと下着をおろしてやった。無毛の股間にロケット形の白いペニスがバネのように顫えながらやや仰角を保って勃起していた。

「あっ」

あわてて前を覆う少年の手をどけてジッと見入った女は、

「ふふ、かわいい」

微笑を浮かべながら指をからめた。顔を近づけるとスルメみたいな匂いが先端からたちのぼる。カウパー腺液が分泌して、包皮の先端からのぞく亀頭は濡れている。

まだ包皮のむけていないペニスの先端をくわえた。

「あっ、おねえさん……」

トオルは悲鳴のような声をあげた。笙子の手が少年の顫える腰を抱きよせ、いっそう股間に顔を埋める。

「あ、あっ。う……」

生まれて初めて体験する口と舌によって与えられる刺激に、少年の膝がガクガクしている。

呆然としている妹の背後から直人は近寄り、子猫のような体臭を発散させている柔らかい体を抱きしめてやった。ビクンと顫えたがユカリは抵抗する気配を見せなかった。

「男の子はね、ペニスをさわられたり舐《な》められたりすると気持がいいんだ。それはユカリちゃんだって同じさ……」

質素なワンピースの裾をたくしあげ、木綿のパンティの底に指をあてがうと、じっとりと湿っていた。少女も昂奮している。直人は兄と一つ違いの妹の柔肉を下着の上から優しく愛撫してやった。

「あー……」

熱い吐息がふくよかな唇から洩れ、黙って自分の母親ほどの年齢の女が兄の陰茎をくわえている光景を凝視しているユカリだ。彼女はスリップのような肌着を着けていないらしく、胸に触ると乳首がワンピースの布地ごしに感じられた。

（ほう。意外とふくらんでいる……）

　乳首を頂点とした周囲は弾力性が感じられるほど隆起をはじめている。この娘はやがて胸も腰も豊かに張り出したグラマラスな肉体を持つようになるだろう。直人は布地の上からかたくしこった小豆粒のような乳首を撫でてやった。

「あ、はあっ」

　少女の唇からまた吐息が洩れた。表情を窺うと、視線はペニスをくわえられている兄の股間に釘づけにされているが、その焦点は定かではないようだ。下着の底はもう、失禁に近いほど濡れている。

（まだ小学生なのに、昂奮するとこんなにも濡れるものか……）

　驚嘆しつつ、直人はユカリのパンティの股布のところから指をくぐらせた。無毛の肌に走る裂け目に慎重に触れて押し拡げるようにすると、

「う、あーはあっ」

　ユカリの体重が直人にもろにかかってきた。少女はもう立っていられなくなったのだ。直人は砂だらけの船底の板にあぐらをかくようにして少女の体を横抱きにした。

「かわいいね、ユカリちゃんは」

　そう言ってパンティの下の指を蠢《うごめ》かすと、

「お、おじさん……。気持いい」

切ない喘《あえ》ぎのような言葉を吐いた。

その時だ。兄のほうも切迫した声を張りあげた。

「おねえさん、あっ、あっ、あー」

日に灼《や》けた肌の、そこだけ白い、女の子のようなまるみを持つ尻がプリプリと揺れた。

(イッたな……)

直人は、笙子の白い喉がコクリと動くのを見た。

「はあっ」

笙子は唇から少年のペニスを解放した。亀頭は舌の愛撫を受けているうちに後退して、赤みを帯びたピンク色の部分は前よりずっと露出している。

「射精したわよ」

笙子は傍観者たちのほうを見て、勝ち誇ったような笑みを浮かべていった。

「ほら」

まだ勃起している少年のペニスをしごくようにすると、トロリと白い液が尿道口から滲み出た。

「呑んだのか」

「うん」

少年は床にへたりこんだ。全身の力が抜けている。初めての射精だったのだ。

「じゃ、今度はユカリちゃんだよ」

直人は少女の下着を脱がせて笙子の前に立たせた。

「ユカリちゃん、仰向けに寝て」

「うん」

小学校五年生――十歳の少女は言われたとおりに仰臥《ぎょうが》した。その脚の間に蹲《うずくま》り、笙子は無毛の股間に顔を埋めていった。

「む……」

ユカリは目を閉じた。ピクンと下肢がうち震えた。

二人の傍《そば》で荒い息をつきながらトオルは下着をひきあげるのも忘れて、妹のむきだしの下肢が悩ましく悶えだすのを見ていた。笙子は巧みに舌を使っているらしく、直人の耳にもピチャピチャと猫がミルクを呑むような音が聞こえた。

「あー、はあっ。ウーン」

やがて少女の唇から切ない声がいっぱいに迸り、笙子の髪を摑んで自分の下腹に押しつけるようにした。ぶるぶると全身をふるわせてからぐったりとなる。

「感度がいいわ、ユカリちゃんは。生意気にラブジュースも多いみたい」

笙子は少女の下腹から顔をあげ、直人を見て言った。その瞳がまだ潤んでいる。

直人は立ちあがり、ズボンを脱いだ。ブリーフも脱ぎ、下半身を露出して笙子の背後から迫った。

「………」

待ちかねていたように笙子はよつん這いの姿勢のまま、ヒップを擡《もた》げた。濡れそぼって湯気さえ立ちのぼりそうな器官を一気に貫く。

「おお、おうっ」

充分に抉《えぐ》り抜かれて、笙子の背が反りかえった。

直人は抽送を行ないながら横目で兄と妹を見た。二人ともまだ下半身を覆うのも忘れて男女の行為を、魂を奪われたような表情で見惚れている。トオルの股間で白いロケットがまた聳えている。

「ユカリちゃん。お兄ちゃんにしてあげたら」

直人が言うと、

「うん」

はにかんだような嬉しそうな笑顔になり、少女は一つ年上の兄のほうを向いた。

「お兄ちゃん、舐めてあげる」

「ユカリ……」

兄のほうがたじろいでいる。しかし、かわいい妹にペニスをくわえられると、たちまち忘我の表情になった。

「ああ」

「む……ン」

「ぐ、くッ」

快美の呷きが廃船の船倉に交錯した——。

8

——翌朝、二人は遅く目ざめた。

「よく、お休みになれましたか」

朝食の膳を並べながら仲居が訊くと、

「ええ。ぐっすり」

笙子は微笑で答えた。まるで新婚の妻のような、愛される女のエロティシズムが彼女の全身から匂いたっていた。仲居は圧倒されたように黙りこんだ。帳場で支払いをすませたのは十時を回っていた。直人は番頭に、二週間後にまた同じ部屋を予約した。

「お待ちしております」

番頭と係の仲居に見送られ、たおやかな年増美女とがっしりした体格の中年男は車で港町へ向かった。

「本当に、来月、撮影するの？　あの子たちと……」

笙子が訊いた。

「ああ。ビデオカメラを使ってな。あの子たち、待ってるよ」

——トオルとユカリは、昨日、別れる時に、「撮影はいつするの？」と尋ねてきたのだ。

「二週間したらまた来るよ」

直人はそう言い、親にも友達にも絶対にこのことを内緒にするなら、撮影の時にまた「手伝わせる」ことを約束した。

兄と妹は嬉しそうな顔をした。二週間後、同じ時刻に同じ場所で会うことになった。

「楽しみにしてるわ」

ユカリは笙子の胸を名残り惜しげに撫で回した。笙子は穿《は》いていた絹のパンティをトオルに手渡した。

「おねえさんの匂い、忘れないでね」

イガグリ頭の少年は赤くなり、何度も頷いた。夕闇が濃く迫る松林の中に兄妹の姿が見えなくなるまで、母親みたいな年齢の女は手を振り続けていたのだ——。

「悪い人ね。あの子たちに私たちと同じ道を歩かせるの？」

「悪いか」

直人は横に坐った麗人を見やって言った。

「おれは後悔してない。ずっと昔、笙子を抱いた時から、一度として」

フェリー発着所に着くと、すでに対岸への便の乗船が始まっていた。笙子は売店に駆けこみ、すぐに戻ってきた。菓子パンの入った包みを手渡す。

「はい、カモメにあげて」

「ああ。ありがとう」

直人は昨日と同じように、笙子を抱き、接吻した。彼女の躰は良い香りがして、柔らかく温かい。いつもの強張りが感じられないのはどうしてだろうか。彼は訝《いぶか》った。

「じゃあな」

ぶっきらぼうに別れを告げると、

「私だって、一度も後悔したことはないわ。兄さん」

笙子はタラップを上ってゆく背に言葉を投げかけ、実の兄を乗せたフェリーボートが埠頭を離れるのを待たずに鉄道の駅へと向かった。

この作品は一九八八年二月フランス書院文庫に所収された
『美人社長・二十九歳』を改題したものです。

幻冬舎アウトロー文庫

●好評既刊
二十二歳の穢《けが》れ
館　淳一

ある日、仮面をつけた男たちに拉致された、OLの美貴子。以来、彼らから呼び出されるたびに、大勢の仮面の男たちの前で裸になり、セリにかけられる。その後、調教室で次の催しが始まるのだ。

●好評既刊
皮を剝く女
館　淳一

小学校教師淑恵の元には、夜の校舎裏で凌辱されて以来、脅迫状が。今日の命令はテスト中のオナニー。「触るふりをするだけ」のつもりが、指でイッてしまう淑恵。命令はエスカレートする。

●好評既刊
赤い舌の先のうぶ毛
館　淳一

処女の体液を飲むと絶倫になるという健康法のために、鍼灸師の浮田は美少女のいずみを監禁、金持ち老人の相手をさせる。まだ男を知らない可憐な体が、愛撫と折檻で、大量の愛蜜を滴らせる。

●好評既刊
地下室の姉の七日間
館　淳一

謎の男〝マル鬼〟のもと、大学生の秀人は〝愛奴製造工場〟でM女を調教する。ある日、秀人の姉・亮子が獲物に。潔癖症で、性を嫌悪していた姉が、わずか一週間で淫らなマゾ奴隷に変貌する。

●好評既刊
蜜と罰
館　淳一

少女の頃に預けられた伯父の家で、留守番の度に行われたお仕置き。浴室で緊縛・放置・凌辱される中で、歪んだ快楽を知ってしまった少女は、普通の行為では興奮しない大人の女性に成長した。

幻冬舎アウトロー文庫

●好評既刊
触診
館 淳一

「触ってください、好きなところを」勃起不全の患者に細い指先で愛撫を続け、はだけた白衣の隙間から体をまさぐらせるうちに、令子は自らも欲望の疼きを覚えていく。女医官能シリーズ。

●好評既刊
秘密診察室
館 淳一

十八歳の看護婦・祐美は、ED治療を行う女医・令子を手伝い始めた。しかし、患者の股間を揉みしだき、意のままに自らの体をまさぐらせるだけのはずが……。妖艶な女医シリーズ第二弾。

●好評既刊
目かくしがほどかれる夜
館 淳一

ED治療の名目で、夜毎、地下室で繰り広げられるレイプ。しかし、手錠をかけられたまま、執拗な凌辱を受ける少女の目にも、いつしか妖しい光が宿って……。艶麗な女医シリーズ第三弾。

●好評既刊
つたない舌
館 淳一

社内でレイプされた千穂は、その時の刺激を求めて働き始めたSM風俗店で客として来た叔父の昭彦と出会う。そして、彼に凌辱されることで言い知れない興奮を覚え、未知なる快楽に溺れていく。

●好評既刊
卒業
館 淳一

裕介は、結婚式を明日に控えた養女・ゆかりを抱きながら、これまでの情事を思い出していた。そして式当日、ゆかりに控え室に誘われた裕介は、養女との最後の快楽に溺れていく。

GENTOSHA OUTLAW BUNKO

女社長《おんなしゃちょう》の寝室《しんしつ》

館淳一《たてじゅんいち》

平成22年12月10日　初版発行

発行人——石原正康
編集人——永島賞二
発行所——株式会社幻冬舎
〒151-0051東京都渋谷区千駄ヶ谷4-9-7
電話　03(5411)6222(営業)
　　　03(5411)6211(編集)
振替00120-8-767643
印刷・製本—図書印刷株式会社
装丁者——高橋雅之

幻冬舎アウトロー文庫

ISBN978-4-344-41592-8　C0193　O-44-14